KB131749

어제보다 늙은,
내일보다 젊은

어제보다 늙은, 내일보다 젊은
: 우리 삶을 의미 있게 하는 것들에 대하여

1판 1쇄 인쇄 2021. 10. 25.
1판 1쇄 발행 2021. 11. 1.

지은이 이창복

발행인 고세규
편집 박보람 디자인 유상현 마케팅 고은미 홍보 이한솔
발행처 김영사
등록 1979년 5월 17일(제406-2003-036호)
주소 경기도 파주시 문발로 197(문발동) 우편번호 10881
전화 마케팅부 031)955-3100, 편집부 031)955-3200 | 팩스 031)955-3111

값은 뒤표지에 있습니다.
ISBN 978-89-349-2344-2 03810

홈페이지 www.gimmyoung.com   블로그 blog.naver.com/gybook
인스타그램 instagram.com/gimmyoung   이메일 bestbook@gimmyoung.com

좋은 독자가 좋은 책을 만듭니다.
김영사는 독자 여러분의 의견에 항상 귀 기울이고 있습니다.

어제보다 늙은, 내일보다 젊은

우리 삶을 의미 있게
하는 것들에 대하여

이창복 지음

김영사

노인이여, 춤추어라, 나이 먹었을지언정!
이 무슨 기쁨인가, 이리 말하면:
노인이여, 그대의 머리카락은 늙었지만,
그대 정신은 생기발랄하구나!

_고트홀트 에프라임 레싱

차
례

프롤로그 조금 휘청거려도 참 좋은 노년 · 10

제
1
장

은퇴하고 20년을 살아보니

삶에는 은퇴가 없기에 · 16

황혼은 여명보다 아름답다 · 22

시간의 무게에 적응하는 법 · 29

어제보다 늙은, 내일보다 젊은 · 36

노인은 어려지지 말고 어린아이처럼 되어야 한다 · 43

주름살을 보면서 청춘을 동경하다가 · 51

노년에게도 사랑은 있다 · 57

쿠오 바디스Quo Vadis, 노인을 위한 안식처는 어디에? · 67

고독이 멋있는 순간 · 76

노년의 여행길에서 비로소 보이는 것들 · 84

제2장

죽음을 생각하며
조금 더 살고 싶은 이유

죽음을 기억하면 삶이 풍요로워진다 · 92

할아버지도 엄마가 있단다 · 101

한밤중 산을 보며 내면의 소리에 귀를 기울이다 · 108

"드디어 오늘 막걸리 한 잔 했습니다" · 116

삶이 가벼워야 죽음도 가벼워진다 · 124

코로나 트라우마에 시달린 48시간 · 133

죽음이 삶에 주는 최선의 지혜 · 142

제
3
장

행복을 부르는 마음

서재에는 인생이 깃들어 있기에 · 150

갓난아기를 위한 할아버지의 기도 · 161

작은 친절이 행복을 선사한다 · 165

어린이에게 되돌려주고 싶은 고향 생각 · 169

로또 당첨보다 더 소중한 것 · 175

내가 아는 행복의 묘약 · 181

사랑이 깃든 선물은 행복을 싣고 온다 · 186

행복을 찾아서 · 191

제
4
장

모든 존재하는 것에는 고통이 있다

인생은 고통에서 양분을 얻는다 · 200

"죽기도 하는데 이까짓 것이 뭐라고" · 208

나 자신과 타협하지 않기 · 215

시작의 고통이 있어 청춘은 아름답다 · 221

제2의 사춘기, 중년을 위한 조언 · 228

제5장

의미 있는 인생이란
우리가 사랑하는 시간들이다

아버지의 턱수염과 어머니의 눈물 · 238

잊히지 않는 세 여인의 초상 · 244

'여보'라 부르며 이렇게 우리는 오래오래 살고 싶다 · 252

은사의 사랑을 그리며 · 259

꽃잎은 떨어져도, 꽃은 지지 않는다 · 269

사랑을 일깨우는 나눔의 힘 · 274

약속이라는 이름의 기적 · 279

살아 있음을 사랑하기 · 284

힘들어하는 제자에게 부치는 편지 · 292

에필로그 인생의 마지막 버킷리스트 · 299

조금

휘청거려도

참 좋은 노년

80세를 훌쩍 넘은 지금 나는 90세를 향해 떠밀리듯 가고 있다. 새털처럼 많은 시간이라 하지만, 두피가 훤히 보이는 엉성한 머리에는 머리카락 한 오라기도 아쉽듯이 이제 시간은 나에게 인색하고 귀중할 뿐이다. 가끔 자식들과 함께 식사할 때 10년 후의 꿈과 20년 후의 세상을 말하는 젊은 그들의 대화는 마치 나와는 관계없는 딴 세계의 동화처럼 들리고, 나는 어느새 나의 옛 전설을 홀로 반추한다.

하루를 무사히 마친 데 감사하며 잠들고, 아침에 눈을 뜨고 기지개를 크게 펴며 일어설 때면, 귀중한 선물처럼 나에게 새롭게 주어진 오늘에 다시 한 번 감사하며 하루의 일과를 보람 있게 보내자고 다짐한다. 할 일은 많고 남은 시간은 적다.

나는 평범한 삶을 살았다. 어린 시절, 학창 시절, 군 복무와 유학 시절, 대학교의 교수 시절, 그리고 정년 퇴임 후 백수 시절을 돌이켜보면 그저 평이하게 느껴진다. 그렇다고 해서 잔잔한 바다의 표면처럼 늘 평탄했던 것만은 아니었다. 때로는 격랑이 일기도 했다. 실타래가 길어지면 서로 엉클어져 매듭이 생기듯이, 오랜 세월을 살아온 만큼 내 인생의 실타래도 얽히고설키어 매듭이 생겨났다. 그 매듭이 어떤 연유에서 생겼고 희로애락喜怒哀樂 중 어떤 감정으로 남아 있든지 간에, 그것은 나만의 것이기에 그 나름대로 독자성과 고유한 가치를 지니고 있다. 그래서 나의 삶을 되새기는 데 충분한 계기를 만들어준다.

인생의 여러 매듭은 한 개인에게 잊힐 수 없는 기억임은 분명하다. 인간은 살아온 모든 것을 다 기억할 수 없다. 마치 사금광에서 흐르는 물에 수십 번의 채질로 흙을 흘려보낸 후에야 비로소 사금이 채 위에서 반짝이듯이, 진부한 일상을 모두 흘려보내고 거른 뒤에 남은 삶의 매듭은 사금처럼 내 인생의 가치와 특징을 말해주는 귀중한 침전물이 되었다. 나의 삶을 있는 그대로 반추케 하며, 때론 가장 친한 벗으로, 때론 가장 신랄한 비판자로 내 마음속에 있는 또 다른 '나'를 진솔하게 비춰주는 거울이 된다.

　여하튼 한 개인의 삶은 흔적을 남기게 마련이다. 그것은 죽음도 없앨 수 없다. 형체는 없어진다 해도, 삶의 흔적에 깃든 의미는 시간의 벽을 넘어 오늘을 살아가는 우리에게 이정표가 될 수 있다.

　이제 나이 80세를 넘기고 나니 내가 살아온 삶의 여러 모습이 비로소 보인다. 존경스러웠던 모습과 부끄러웠던 모습, 행복했던 모습과 불행했던 모습이 교차하는 가운데 어느덧 인생이 저물고 있다는 쓸쓸함을 느낀다. 성공하고 행복해지려는 욕구가 있는 한 누구나 고통도 겪어야 한다. 그 아픔은 다름 아닌 존재의 통증이며 성취를 위한 고역이기 때문이리라. 아픈 것은 젊은이들만이 아니다. 나이 먹은 노인들 역시 여전히 살면서 아픔을 느낀다.

　문제는 어떻게 이 삶의 매듭들에 깊숙이 숨겨진 진실을 노인의 지혜로 찾아내어 삶에 새로운 의미로 다시 투영할 수 있느냐는 것이다. 문학은 이 같은 노력을 언어로 표현한 것이다. 특히 에세이는 문학의 여러 장르 중에서 사소한 일상의 이면에 숨겨 있는 삶의 지혜와 아름다움을 허구가 아니라 관찰을 통해서 새로운 의미의 형태로 창조하는 데 가장 적절하다. 따라서 에세이에서 발굴된 진실은 개인적 삶의 특수성을 넘어서 우리 모두의 삶에 영향을 주는 보편성을 지니게 되고, 시간의 한계를 넘어 우리에게 삶의 이정표 역할을 할 것이다.

인간은 살기 위해 일해야만 한다. 각자의 인생이 다르듯이 인간의 일도 다양하다. 어떤 일을 어떻게 하느냐가 삶의 질과 가치를 결정한다. 나의 일이 글 쓰는 것이라면, 살기 위해서 글을 써야만 한다. 인생은 무한정 연장할 수 없는 것이니 오늘의 삶을 파고들어 시시콜콜한 다반사에서 날카로운 진리를 캐내는 글을 써야 한다.

그래서 나는 내 삶의 매듭을 풀어 그 속에 녹아 있는 진실을 표현하고자 에세이를 쓰기로 마음먹었다. 쓸모없는 인생을 살았다는 부끄러움을 느끼지 않기 위해서, 사랑하는 사람들에게 어떤 삶의 의미라도 남겨 주기 위해서 나름대로 한 권의 책으로 정리하고 싶었기 때문일지도 모른다. 비록 나이 들어 육체는 노쇠해져도 정신적인 일은 나이와 관계가 없다. 해서 인생의 석양 즈음에 비로소 보이는 '우리의 삶을 의미 있게 하는 것들'을 '늙음', '죽음', '행복', '고통', '사랑'이라는 다양한 관점에서 이야기하려 한다. 비록 짧은 내일이라 해도 오늘을 더 의미 있게 살고 싶어서다.

끝으로 이 글 모음이 한 권의 책으로 세상에 나오기까지 긴 세월을 묵묵히 사랑과 인내로 내 옆을 지켜준 아내에게 이 책을 감사의 선물로 바친다. 또한 어려운 현실에도 기꺼이 출판을 맡아 수고해주신 김영사 여러분에게도 고마움을 전한다.

개포동 서재에서
2021년 여름에

제1장

은퇴하고 20년을 살아보니

"젊은 심장과 함께 늙어가는 것을 배워라."
_괴테

삶에는 은퇴가 없기에

정년 퇴임한 지 벌써 20년이 되었다. 그러니 이제 85세가
된 것이다. 내가 몸담았던 대학도 많이 변했다. 그곳 사람
들이 낯설고, 캠퍼스 시설이나 분위기도 생소하며, 교육의
성향도 바뀌었다. 이 변화 속에 어느새 나는 내가 30년이
란 긴 세월 동안 몸담았던 대학 문화에 이방인이 되어버
렸다. 공적, 사적 일로 1년에 서너 번 학교를 방문하면 소
외감이나 이질감만 절실하게 느낄 뿐이다. 여기엔 원망도,
감상도, 비관도 있을 수 없다. 다만 자연의 엄격한 순리일
뿐이다.

내가 나이 들어갈수록 옛 기억은 아름다워지고 새롭게 다가온다. 어느 날 오스트레일리아의 동화 작가이며 일러스트레이터인 숀 탠의 《매미》를 읽는데, 한 구절이 대학을 떠나던 순간을 생각나게 했다.

> 17년 일한 매미가 은퇴한다.
> 파티는 없다.
> 악수도 없다.
> 상사는 책상을 치우라고 말한다.

매미는 종류에 따라 유충으로 7년에서 길게는 17년까지 땅속에 살다가 지상에 나오면 바로 성충이 된다. 칙칙한 껍데기는 남겨두고 아직은 여린 몸으로 바깥세상에 나온 매미는 기적 같은 변태의 순간을 맞이한다. 매미에게 갈라진 날개가 생기고 나면, 매미는 날개를 힘차게 흔들며 하늘로 날아오른다. 그러고는 나무에 붙어 수액을 빨아먹고 노래 부르며 7일에서 한 달 정도 살면서 짝짓기를 하고 알을 나무껍질 속에 낳고는 생을 마감한다. 땅속에서 산 세월에 비해 바깥세상에서 보낸 삶은 너무나도 짧다.

이런 매미가 내 인생을 은유하는 게 아닐까? 나는 30년의 교수 생활을 마감하면서 내가 가져갈 책, 제자들에게 나눠줄 책을 분류하며 책상을 치우고 연구실을 비워줄 때에야 비로소 은퇴를 실감하게 되었다. 직장과 사회생활 속의 고된 시간, 긴 세월 동안 느껴온 가족을 위한 책임감, 틀에 갇힌 것 같은 구속감, 연구하고 논문을 써야 하는 긴장감에 이제 안녕을 고할 때라 생각하며, 나는 새로운 생활의 시작에 대한 희망과 꿈의 화려한 날개를 힘차게 흔들며 하늘로 날아오르려 했다. 바로 매미가 변태하는 순간이다.

은퇴자의 변태는 다양하게 나타난다. 그들은 생계와 자녀 교육 등 가정을 위해 자신의 취미나 적성을 포기하고 생업에 매달려왔다. 크게 일군 것은 없다 해도 그런대로 가정을 꾸려왔으니 이젠 하고 싶은 일을 하며 살고 싶어한다. 어떤 이는 요리학원에서 요리를 배워서 저녁에 멋있게 한 상 차리는 게 큰 즐거움이라 했다. 어떤 이는 그림이나 서예를 연마해서 개인전도 열고, 직접 그린 그림이나 한시로 연하장을 보내기도 한다. 또 어떤 이는 통기타도 배우고, 봉사활동도 하고, 여행을 하는 등으로 노년의 시간을 멋지게 보내는가 하면, 아예 낙향해서 살거나 산수가 수려한 곳에 집을 짓고 자연인으로 즐겁게 살기도 한다.

이 모든 것이 사치스럽게 보이고, 경제적 여유가 있으니 가능한 일이라고 말할지 모르나, 꼭 그렇지는 않다. 두 번째 삶을 멋지고 즐겁게 사는 데 재력보다 더 중요한 것은 자신에게 흥미롭고 가치 있는 일을 꾸준히 함으로써 만년의 하루를 의미 있게 보내려는 일관된 의지와 노력이다.

나 역시 두 번째 인생의 새로운 문화에 익숙해지려고 노력했다. 지겨운 책을 이제 그만 접고, 연구랍시고 억제했던 욕구를 마음껏 풀어 제치고 자유롭게, 멋있게 살고 싶었다. 그런데 착각은 자유라 했던가? 금세 자유는 방종으로, 멋은 추함으로 바뀌면서 내 삶의 모습도 바꾸어놓았다. 영락없는 '삼식三食이'가 된 나는 아내 눈치 보기와 비위 맞추기에 익숙해져 갔다. 쓰레기 버리기, 빈 접시 나르기 등 아내의 잡다한 지시가 어느새 당연해졌다. TV 앞에서의 공허한 시간, 그로 인한 자괴감과 허무감, 그리고 음악 감상으로 자족하려는 낭만적 멜랑콜리, 이것들은 나를 나태한 모습으로 만들었다. 결국 아내는 내게 "제발 서재로!"라는 추방 명령을 내렸다.

이렇게 해서 자유로운 '감방'(?)에서 나만의 생활이 다시 시작되었다. 여기선 상상도 자유롭다. 이 '감방'이 괴테가 이번에는 기어이 끝내야겠다고 다짐하면서 《파우스트

Faust》원고의 먼지를 털어내고 창조의 '순수한 기쁨'을 만 끽했던 '조용한 천국의 한 구석'으로 여겨졌다. 유학 시절 부터 모아둔 자료를 정리하기 시작했다. 마침내 2011년에 《문학과 음악의 황홀한 만남》이 출간되었고, 2015년에는 《고통의 해석》이란 책이 햇빛을 보았다.

작업이 끝나면 또 새로 시작해야 생명 줄을 이으며 오 래 살 수 있다. 나이가 나이인지라 이제는 '죽음'이 진지한 테마로 다가왔다. 노인이 되기 전에는 품위 있게 살려고 애써왔는데, 노년이 되고 보니 품위 있게 죽는 데에 마음 이 더 쓰였다.

살아 있는 사람이면 누구나 죽음을 피할 수 없다. 해서 누구나 한번쯤 죽음에 대해서 진지하게 생각한다. 우리가 살아 있는 한 죽음이 존재하니, 곧 죽음에 대한 연구는 삶 에 대한 연구일 수밖에 없다. 그러니 문학, 예술은 물론 역 사학, 사회학, 심리학, 의학을 포괄하는 학문의 전역을 기 웃거려야 한다.

맨 손톱으로 바위를 긁는 기분이었다. 나에게 시간은 짧 고 할 일은 많으니 시간이 더 없이 귀중하게 여겨진다. 그 래도 이 새로운 도전이 끝날 때까지 몇 년은 보장받은 기 분이라 신명 나고 열정이 치솟았다. 허상이라 해도 좋으니 새로운 죽음의 문화를 세우는 데 벽돌 하나를 놓고 싶었다. 마침내 4년이란 산고 끝에 《삶을 위한 죽음의 미학》이 햇빛을 보았다.

시간은 흘러가는 것. 시간에 지배당하면 시간은 쓰나미처럼 내게 밀려와 모든 것을 망가뜨릴 것이다. 무위로 보낸 시간의 찌꺼기는 공허한 삶의 쓰레기로 쌓이게 마련일 것이다. 그러니 후회 없이 시간을 지배하는 삶을 살아야겠다. 오늘 할 수 있는 것을 내일로 미루지 말아야 한다. 쇼펜하우어의 말처럼 "매일이 작은 인생"이 아닌가! 오늘이 평생처럼 소중하다는 말이다. 이 소중한 하루를 어떻게 보내느냐에 따라서 삶에 의미가 주어지고, 노년을 즐길 수 있다.

사람은 누구나 하고 싶은 일을 열심히 배우고 일하면 시간을 거슬러 자신의 정신을 젊게 유지할 수 있다. 스페인의 세계적인 첼리스트 파블로 카살스는 "인간은 자기의 일을 사랑하는 한 늙지 않는다"고 말했다. 그러면 우리의 삶도 저절로 성숙해질 것이고 품격도 함께 올라갈 것이다. 이것이 두 번째 인생을 젊고 즐겁게 살아가게 하는 가장 중요한 것이다. 쉬는 자는 녹슨다. 삶에 은퇴는 없고, 늘 새로운 시작만 있어야 한다.

황혼은 여명보다 아름답다

작년 초여름에 아이들과 함께 대천해수욕장에 갔다. 내가
원해서였다. 아버지가 이곳에 별장을 가지고 있었기 때문
에 난 어렸을 때부터 대천 바다에 자주 온 편이었다. 모래
사장은 광활하게 펼쳐 있었고 모래는 조개껍질이 많이 섞
여 있어 곱고 부드러웠다.

낮엔 뜨거운 햇볕 아래서 수영하며 놀다가 쉴 때는 모
래로 집도 짓고, 성도 쌓고, 내가 좋아하는 누님의 얼굴도
만들곤 했다. 찰싸닥찰싸닥 소리 내며 밀려오는 파도의 마
지막 물거품을 피해 껑충껑충 뒷걸음치고, 파도가 애써 만

들었던 내 작품들을 부숴버리는 모습을 멍하니 바라보았다. 그리고 저녁 땐 모든 것을 오렌지색으로 흠뻑 물들이면서 지평선 너머로 작열하며 서서히 사라지는 석양을 바라보았다.

그 후 긴 세월이 지났다. 어느새 중년이 된 나는 대천해수욕장을 다시 찾았다. 여름방학 때 식구들과 함께 그곳에 도착한 오후의 날씨는 무덥고, 흐리고, 비도 오락가락했으며, 높은 파도는 흰 물거품을 뿌리며 달려와서 사정없이 모래톱을 들이받고 또 받았다.

해질 무렵이 되어 해수욕장 내 대학교 휴양원에 짐을 푸는데 관리인이 와서 한 젊은이가 수영하다 익사했다는 말과 함께 내가 보직교수이니 학생들에게 조심해줄 것을 전해달라고 부탁했다. 저녁 때 테라스에서 바라보는 바다 풍경은 내가 어렸을 때 느꼈던 것처럼 그렇게 늘 낭만적인 것만은 아니었다. 달빛도 별빛도 없는 칠흑 같은 어둠 속에서 밀려왔다가 쓸려나가는 파도의 흰 거품은 시간의 흐름 속에서 세파와 싸우는 우리 삶의 허무한 모습을 보여주는 듯했다.

그다음 날은 구름 한 점 없는 푸른 하늘에서 태양이 하얀 모래밭을 뜨겁게 달구는 무더운 날씨였다. 딸들은 잔잔히 찰싹이는 파도 가까이에 앉아서 젖은 모래를 손가락 사이로 흘리면서 탑 모양을 만들고, 모래무덤처럼, 아니면 나직한 초가지붕처럼 두 손으로 모래를 쌓았다. 밀려오는 파도가 휩쓸고 지나간다. 옛날과 변함없는 그 모습을 바라본다. 나는 파도에 발을 적시면서 백사장 끝에 펼쳐 있는 평평한 검은 바위를 향해 천천히 걸어갔다. 긴 세월 동안 파도에 할퀴고 깎여서 갈라진 날카로운 바위 결이 노인의 주름살처럼 겹겹이 뻗어 있었다. 그 사이 사이에 작은 게들이 분주히 오갔고, 작은 조개들과 불가사리들이 널려 있었다. 그 위를 거닐다 빈 소라 껍데기가 내 눈에 들어왔다. 희고 예뻐서 딸에게 주려고 그것을 집어들었을 때, 장 콕토의 유명한 시 〈내 귀 Mon oreille〉가 떠올랐다.

내 귀는 소라 껍데기
아- 그립다, 바닷소리여.

이 시가 애송되고 있는 이유는 장 콕토가 자신의 귀를 소라 껍데기로 비유하면서 바다와 연관된 모든 소리를 짧은 두 문장만으로 잘 표현했기 때문이다. 소라 껍데기는 내 귀가 되어 파도 소리, 바람 소리, 빗소리, 천둥소리, 갈매기 울음소리를 들려주었고, 인간 내면에 잠재되어 있는 바다에 대한 향수는 물론 밀물과 썰물의 움직임 속에서 흥망성쇠의 운명적인 비극을 어느 소리의 리듬보다 더욱 처절하게 들려주었다.

그리고 또 긴 세월이 흘러갔다. 노년의 나는 대천해수욕장에서 일몰의 장관을 바라보며 모래 위에 앉아 있다. 물가에서 손녀 아이들이 내가 어렸을 때 그랬듯이 모래놀이를 하고 있는 모습을 바라본다. 오늘도 예외 없이 파도는 아이들의 모래 작품을 부숴버린다. 밀려왔다 밀려가는 파도는 긴 세월을 세파와 싸우며 살아온 내 모습을 보여주는 듯했다.

난 시원한 바닷바람을 마시며 아름다운 바다 풍경을 바라보고, 저 멀리 지평선 너머로 환상의 날개를 펼치는 낭만을 즐기기 위해서 여기에 앉아 있는 것은 아니다. 어릴 적부터 마음속에 깊이 새겨진 이곳의 황홀한 낙조의 장관을 죽음의 문턱에 가까이 다가선 지금 다시 한 번 감상하고 싶어서 이렇게 앉아 있다.

"바다에 대한 사랑은 다름 아닌 죽음에 대한 사랑"이

라고 토마스 만은 말했다. 그의 소설 《베네치아에서의 죽음Der Tod in Venedig》에서 일몰의 풍경은 안식과 죽음을 상징하는 메타포이고, 바다는 죽음의 무대배경이 된다. 그래서인지 나는 일출보다 일몰을 더 좋아한다. 지는 해는 다시 떠오르기 위해서 질 뿐이라는 희망을 주기 때문이다. 해서 일몰은 세상에서 가장 아름다운 침몰이다. 하늘과 구름은 저녁노을로 붉게 타오르고, 태양은 자신을 불태우며 서서히 죽어간다. 온 세상은 작별을 위해 조용히 서 있다. 정녕 황혼은 장렬한 저녁의 죽음이 아닌가. 황혼을 바라보며 나는 '존엄사'를 생각한다.

생명의 태양이 지평선 너머로 사라진 뒤의 밤이 죽음을 상징한다면, 태양이 내일도 다시 떠오르듯이 밤은 존재의 종말로서의 죽음이 아니라 새로운 삶으로서의 부활을 전제로 하는 죽음이 된다. 곧 죽음은 우리의 삶에 새날을 약속한다. 어제의 죽음인 잠에서 깨어나 다시 죽음을 향해가는 살아 있는 시간의 시작이 오늘이다. 죽음 이후에는 우리의 몸도 마음도 없기 때문에 죽음은 우리가 살아 있는 시간 안에서 의미를 갖는다. 그래서 죽음의 의미는 죽음 자체에 있는 것이 아니라 바로 '오늘'처럼 '죽어감'에 있는 것이다. '죽어감'은 시간 안에서 지속되는 삶의 일부다. 그러므로 잘 죽는다는 건 잘 산다는 것과 같다. 죽음의 존엄은 태양이 지듯이 죽어가고 있다는 것을 늘 염두에 두고, 죽는 순간까지 황혼의 장려함처럼 품위 있게 사는 데 있다. 이제 나는 황혼을 바라보며 '존엄생'을 생각한다.

곧 어두워질 것이다. 오늘따라 유별나게 태양은 저 멀리 지평선 위에 걸터앉아 작열하는 용광로에서 흘러나오듯이 오렌지색 불덩이를 바다에 쏟아붓고, 그 불줄기는 파도를 타고 찬란하게 춤추며 달려와 나를 온통 오렌지색으로 물들인다. 태양이 지평선 너머로 자취를 감추고 여명으로 서쪽 하늘을 붉게 물들이면 어느새 연보랏빛 동녘 하늘에 하얀 달과 별들이 얼굴을 내민다. 달은 언제나 어두운 밤하늘에서 우리의 밝고 어두운 순간을 내려다보고, 파도처럼 때로는 작아지고 흐리게, 때로는 커지고 밝게 빛나면서, 인간의 삶이 무엇인가를 말해준다.

나는 황혼이 좋다. 기도하는 마음이 저절로 생기기 때문이다. 바닷가 보랏빛 하늘 아래서 손녀의 손을 잡고 거닐면서 파도 소리 들으며 달과 별들을 바라본다. 그리고 손녀와 함께 엄마별, 아빠별, 사랑했던 사람들의 별을 헤아린다. 손녀에게 생텍쥐페리가 쓴 《어린 왕자》를 얘기해주며, 그동안 잊고 지냈던 삶의 진정한 가치와 의미를 되새

겨 본다. 그리고 의자의 위치만 옮겨놓으면 하루에도 해
지는 광경을 몇 번이나 볼 수 있는 어린 왕자가 사는 조그
만 별나라를 함께 찾아본다. 아름다운 석양의 바다 풍경을
만끽한 귀중한 오늘 하루에 만족하고 감사하며 행복을 느
낀다. 죽는 순간까지 황혼처럼 아름다움을 잃지 않고 살기
를 기도한다. 그래서 나에게 저녁노을은 아침노을보다 더
장려하고 아름답다.

　언젠가 손녀들이 사랑하는 자식과 함께 바닷가에서 황
혼을 바라보며, 어김없이 쌓아놓은 모래성을 쓸어버리고
쓸려나가는 파도의 움직임에서 숙명적인 인생의 고뇌를
보게 되리라 상상해본다. 그리고 옛날 바닷가에서 들었던
할아버지의 이야기를 생각하며 어린 왕자가 사는 별과 함
께 할아버지별도 찾아보겠지, 서해 바닷가에서 보낸 오늘
처럼.

시간의 무게에 적응하는 법

선릉 주변에 사는 고등학교 동창들과 '선릉회'를 만들어, 매주 일요일 아침에 모여 조찬을 함께한 지 햇수로 25년이 넘었다. 처음에 20여 명이 넘었던 인원이 지금은 여섯 명으로 줄어들었다. 옛날의 회장들은 바빴다. 신년회와 송년회는 부인과 함께 호텔이나 레스토랑에서 거나하게 치러졌고, 철따라 야유회 아니면 해외 단체여행을 떠나기도 했다. 하지만 지금 회장은 회비로 겨우 밥값 치르는 것이 고작이다.

시간과 함께 우리들은 늙어갔고, 회원 수는 줄어들었다.

어떤 친구들은 멀리 이사를 가면서 나오지 못하게 되었다. 본인이 아니면 부인이 치매에 걸려서, 지병의 악화로 누워 있어서, 한마디로 말해 늙어서 생기는 이유로 나오지 못하는 친구들이 생겼다. 작년 말 급기야 회원 수는 열 명으로 떨어져 겨우 두 자리 수를 유지하고 있었다.

올해 회원 수가 급감한 것은 뭐니 뭐니 해도 죽음이 제일 큰 원인이다. 봉산탈춤 인간문화재인 친구는 20년 넘게 막걸리를 가지고 와서 "만수무강"을 선창하며 건배하던 마음씨 고운 이였다. 평소 아프단 말이 없었던 그가 입원했다는 놀라운 소식에 선릉회 친구들과 함께 병문안 갔던 것이 마지막 만남일 줄은 아무도 예상치 못했다. 큰 병원을 운영했던 의사 친구는 부인이 치매로 작고한 이후에 모습을 보이지 않게 되었다. 장관을 지냈던 친구도 다리가 불편해 지팡이를 짚고 나오다 끝내 포기하고 말았다.

이렇게 해서 선릉회는 일곱 명으로 줄어들었다. 식사량도 많이 줄었다. 밥 한 공기를 둘이서 나누어 먹는다. 인간문화재도 없으니 아침 막걸리의 '만수무강' 축배도 자연히 사라져 버렸다. 그러던 어느 날 친구 K가 어색한 표정으로 말을 꺼냈다.

"이봐, 내 말 들어봐(K는 말하기 전에 이렇게 말하는 버릇이 있다). 엊저녁에 나 때문에 가족회의가 열렸는데, 내 운전면허증을 반납하기로 결정해서 그냥 줘버렸어. 근데 왠지 무엇인가 잃어버린, 아니 빼앗긴 기분이야. 기분이 좋진 않았어."

친구들 모두가 소리 없이 웃음 짓고 있었다. 수긍하는 분위기였다. 우리는 얼마 전에 K가 동네에서 접촉사고를 냈다는 말을 들었다. 그리고 어제저녁에 주차할 때 또 주차 중인 차와 접촉사고를 냈다는 것이다. 급기야 식구들은 가족회의를 열고 인명사고를 내는 최악 사태가 일어나기 전에 K가 운전을 그만두어야 한다고 결론지었단다. 그렇게 해서 운전면허증을 빼앗겼다는 것이다. 그 후에 선릉회에 올 때는 부인이 태워다주었고, 집에 갈 때는 지하철을 이용했다. 그렇게 K는 달포가량 참석하다가 어느 날 일요일 아침에 결국 나오지 못하겠노라 말했다. 해서 한때를 누렸던 선릉회는 지금 여섯 명으로 줄어들었다.

80세가 넘으면 이런 경우도 당연한 것으로 받아들여야 한다. 남 얘기가 아니다. 젊었을 때는 자동차로 5500킬로미터 유럽여행을 했고, 쾰른에서 오스트리아의 빈까지 1000킬로미터를 10시간 동안 거뜬히 달렸다. 하지만 요즘엔 나도 접촉사고를 자주 낸다. 한번은 지하 주차장에서 주차하려고 후진하다 남의 차를 살짝 긁었다. 자세히 들여다봐야 알 정도로 아주 미세한 것이어서 순간 그냥 무시하려는 마음이 들었다. 사방을 둘러보았다. 주위에는 아무도 없었는데, 그놈의 CCTV 카메라가 눈에 띄어서…. 이런 어처구니없는 생각이 겸연쩍었던지라 멋쩍은 웃음을 짓고는 전화번호를 와이퍼에 끼워놓았다. 또 한번은 주차하려고 후진하는데 옆에 조금 전에 주차한 사람이 문을 열고 내려오는 바람에 가볍게 부딪혔다. 보험료가 껑충 뛰어올라서 낡은 차에 비해서 아깝다는 생각도 들고, 마음 한편에서는 늙음의 대가라고 분노가 치밀었다. 정부에서는 10만 원을 줄 테니 노인들에게 운전면허증을 반납하라고 권장한다. 솔깃한 생각을 떨칠 수 없다.

나이 들수록 시간의 무게를 더욱 실감하게 된다. 판단력이 둔해지면 시간은 파괴적으로 작용하기 때문이다. 그래서 늙어간다는 것은 무엇인가를 잃어간다는 것이다. 비움이 자연의 섭리처럼 저절로 이루어진다. 늙음과 함께 오는 모든 물질적 손실뿐만 아니라 심리적 부담을 스스로 감내하며 비움의 허탈감에서 어떻게 살아야 할지 초조함마저 느낀다. 나도 친구 K처럼 운전면허증 문제를 진지하게 고민해볼 때가 된 것 같다.

그러나 스스로 버려서 없는 것과 남에게 빼앗겨서 잃는 것은 다르다. 전자는 자의적 결단의 소치이지만 후자는 그것과는 관계없이 박탈감이나 버림받은 느낌을 갖게 된다. 일종의 무력감, 소외감 혹은 허무감 같은 것이다. 이런 감정은 늙어갈수록 현실적으로 심각하게 작용한다.

TV에서 복부 지방을 없애는 운동법을 보고 대수롭지 않게 생각하고 따라 하려 할 때면 곧 스스로가 노인이라는 사실을 깨닫게 된다. 균형감각을 잃고 휘청거리는가 하면, 자꾸만 무릎이 뒤틀려 걸음걸이가 불안정해지고, 심지어 앉고 일어나는 것조차 힘들어지는 것을 느낀다. 이렇게 무력감은 자신의 의지와는 관계없이 찾아들어 자신감을 박탈해간다. 그뿐이랴, 노인은 일상에서 지하철 무료 승차, 사찰, 박물관, 각종 편의 및 오락 시설 입장비 반값 우대 등, 경로라는 미명 아래서 대우받는다. 하지만 나는 때때로 내 인생의 가치가 그만큼 삭감되었다는 서글픈 마음이 들기도 한다.

노년의 감정 중 가장 슬픈 것은 허무감이다. 문상 가야 할 일은 더 자주 생기는데, 식구들은 이젠 조의금만 보내도 큰 결례가 아니라고 내 발길을 막기가 일쑤다. 우겨서 조문을 가기도 하지만 때론, 특히 요즘엔 코로나19 핑계로 슬며시 못 이기는 척 주저앉고 만다. 그럴 때면 미안함과 허무감에 사로잡히는 대가를 치러야 한다.

이런 상실감에 대한 보상심리 때문일까, 종종 노인은 분별없는 소유욕에서 버려야 할 것을 버리지 못하는 나쁜 습관을 가진다. 운전면허증이 없으면 누가 날 태워다 주지? 그래서 운전면허증을 버리지 못하고 가지고 있다. 추억이 담긴 사진, 헌옷, 헌 신발, 이런저런 잡동사니들도 필요할 때가 있을지 모른다는 이유로 버리지 못하고 있다. 새로운 기술에 익숙하지 못하면서도 복잡하고 비싼 최신형 전자기기를 가지려 한다.

이제 우리 노인들도 이런 소유욕에서 벗어날 필요가 있다. 평생을 자동차로 고속도로를 달리듯이 살아왔으니 이젠 미처 보지 못한 것들을 걸어가면서 여유 있게 음미할 수 있어야겠다. 걷는 만큼 건강에 좋고, 보고 느끼는 것도 많아 정신에도 좋을 것이다. 지하철을 이용하면 생각하고 독서도 하며, 성실히 일하며 살아가는 많은 사람의 다양한 모습을 볼 수 있어서 좋을 것이다. 게다가 열심히 운동해서 건강한 육체를 유지하고 스트레스 관리도 잘하면, 바로 그 모든 것이 노인이 누릴 수 있는 축복일 것이다.

청춘의 아름다움은 젊음 자체가 아름답기 때문에 자연

스러운 현상이지만, 노년의 아름다움은 세월에서 얻은 경륜 없이는 쉽게 이룰 수 없는 인위적 현상이다. 노력해야 비로소 이뤄지는 예술작품 같은 것이다. 그러니 이젠 마음을 비우고 나에게 허용되는 것들 안에서 아름다움과 만족을 찾으며 살아가야 할 때인 것 같다. K를 만나면 이렇게 말해주고 싶다.

"여보게. 운전할 권리를 빼앗긴 것이 아니라 사회에, 이웃 사람들에게 부담과 어려움을 주지 않으려는, 노인에게 부여된 최선의 에티켓을 보여준 것일세! 매일 오가던 익숙한 길, 낯익은 곳이라도 여유 있게 걸으면서 새로운 시선으로 바라보면 예전에 보지 못한 것을 우리의 일상에서 달리 느끼고 경험할 수 있겠지. 게다가 동선을 바꿔보거나 평소 차로 다니던 곳을 걷노라면 낯선 풍경, 다른 사람과의 만남, 수없이 바뀌는 간판처럼 다양한 삶의 무게를 경험하며 새로운 나를 찾을 수 있을 것이니, 그것이 세상 소풍이요, 여행이 아니겠나!"

어제보다 늙은, 내일보다 젊은

누구나 오래 살고 싶어 하지만 가는 시간을 막을 길이 없다. 아무도 늙길 원하지 않지만 오는 늙음을 피할 길이 없다. 지나가 버린 젊은 시절을 되돌아보면서 산천은 변함없이 아름다운데, 도대체 세월은 어디로 그렇게 빨리 흘러가 버렸고, 어떻게 난 이렇게 늙어버렸나 생각한다. 나에게 과거는 점점 길어지고, 미래는 점점 짧아진다. 그래서 우리 또래의 모임에서 대화는 미래의 희망이 아니라 과거의 추억으로 돌아간다. 미래보다 과거에 더 큰 기쁨을 느끼니 늙은 것이다.

허무감의 잔 여울이 마음속에서 일렁일 때면 노쇠해진 육체에 절로 탄식이 나온다. 젊었을 때 내 사지는 힘 있고 유연했지만, 늙은 지금엔 연약하고 굳어 있다. 나이 듦은 육체적으로나 정신적으로 서서히 붕괴되어 가는 것이고, 인간을 죽음에 이르게 한다. 어차피 늙음과 죽음은 막을 수도 피할 수도 없는 것이니, 이들을 삶의 과정으로 받아들이고 친숙해져야 한다. 이런 생각을 하고 나면 노년에 어떻게 살아야 하나 절로 질문이 나온다.

늙음의 문제는 시공을 초월한 연구 테마이기도 하다. 더구나 100세 시대라고 하는 현대에선 더욱 그렇다. 이미 고대 로마의 정치가이며 철학자인 키케로는 그가 죽기 1년 전에, 그러니까 그의 나이 62세 때 자신이 늙어가면서 느낀 생각과 경험을 기록한 《노년에 대해서De senectute》란 책을 썼다. 여기서 그는, 사람은 늙으면 체력이 쇠퇴해서 육체적 노력을 필요로 하는 일에서 점점 벗어나게 되기 때문에 건강하게 살기 위해선 육체를 단련하는 것이 중요하며, 마찬가지로 정신적 단련도 중요하다고 강조한다. 나이 든 사람은 노쇠해서 무위無爲하다고 스스로 절망하거나 다른 사람에게서 비난받아서는 안 되고, 오히려 자신의 인생 경험을 사회를 위해 유용하게 사용할 수 있어야 한다고 말한다. 노쇠해지는 육체와 달리 정신은 사용할수록 강화되기 때문에, 사람은 정신적 단련을 통해서 다가오는 노년을 의미 있게 맞이해야 한다는 것이다. 키케로는 이 책을 통해서 노년에 대한 철학적 사유의 단초를 제공했으며, 2,000년이 더 지난 오늘날 21세기를 살고 있는 우리들에게도 늙음에서 삶의 의미를 찾는 데 방향을 제시해주고 있다.

세계보건기구WHO의 정의에 의하면 65세를 넘긴 사람을 총칭하여 노인이라 부른다. 더 세분해서 60세에서 75세는 '젊은 노인'이고, 76세에서 85세는 '노인'으로, 그리고 85세 이상을 '고령의 노인'으로 일컫는다.

같은 계절도 매일매일이 다르듯이 노인이라 총칭될지언정 시기마다 삶의 특징이 다르다. 늙음의 첫 단계인 '젊은 노인'은 은퇴 시기에 있는 사람들로서, 연금이나 생업 활동의 결실로 얻은 재력을 바탕으로 인생을 제2의 청춘처럼 즐기려 한다. 그들은 여전히 의욕적으로 활동하고, 세상사에 적극적이며, 취미나 운동 등 새로운 삶에 자유롭게 몰두하려 한다.

하지만 이런 욕구는 제2단계 '노인'에게서는 점점 생각속으로 물러난다. 이때의 노인들은 육체적으로나 정신적으로 노쇠해지는 것을 매일 느낀다. 사지는 점점 더 굳어지고, 행동은 느리고, 마음만 조급해진다. 기력은 약해져서 쉽게 지치고, 많은 것에 힘이 든다. 말은 많아지고 자꾸만 수다스러워진다. 몸 여기저기에 아픈 곳이 생긴다. 삭신은 일기예보이고 병을 예진하는 의사이다. 그래도 병원에 있지 않은 것을 때론 다행스럽게 여기고, 아직도 혼자서 옷을 입을 수 있고, 크고 작은 일들을 해낼 수 있어 만족해한다.

제3단계인 '고령의 노인'은 쇠약해진 기력으로 거동이 더 불편해지고, 기억력도 더 희미해진다. 여기저기서 치매 현상을 보고 두려움을 느낀다. 틀니를 하고, 보청기를 끼고도 어리둥절하며, 지팡이에 의존해서 걷는다. 낯익은 친구들의 부고가 이어진다. 우울증에 시달리기도 하고 허무감은 깊어진다. 지금까지 삶에 자극을 주었던 희망과 환상은 사라진다. 가까이 다가온 죽음을 현실로 실감하면서 여생을 잘 정리해야 한다는 과제를 초조한 마음으로 생각한다.

그렇다고 해서 모든 노인이 다 그런 것은 아니다. 늙음은 철저하게 각 개인의 삶에 따라 다양한 현상으로 나타나기 때문이다. 활동적인 '고령의 노인'은 삶의 기쁨을 누리고, 건강을 위해 열심히 운동하고 적절한 영양을 섭취함으로써 생물학적 나이를 연장시키려고 애쓴다. 그런가 하면 죽기 직전까지 충실하게 살면서 갈 때가 되면 생명을 인위적으로 연장하려 하지 않고, 품위 있게 죽음을 맞이하길 원하는 사람도 많이 있다.

이렇듯 늙음에는 시간적·육체적 그리고 경험적·정신적 두 의미가 상충한다. 시간적으로 볼 때 오늘의 나는 어제의 나보다 늙었으나 다가올 내일의 나보다는 젊은 것이다. 이것이 시간적·육체적 나이 듦의 자연법칙이다. 하지만 경험적으로 볼 때 과거의 삶이 현재의 나를 있게 해주었다면, 현재 나의 삶은 미래의 나를 결정할 것이다. 그래서 현재의 나는 과거보다 새롭고, 미래보다 낡은 것이다. 이것이 경험적·정신적 나이 듦의 가치, 즉 나이 값이라는 것이다. 우리는 옛것에서 젊어지고, 새것에서 늙게 된다. 이런 의미에서 늙음은 결코 늙은 것이 아니다. 우리는 늙어서 새로운 것이 된다.

노년이란 인간의 체력이 정신력으로 변해가는 시기이고, 늙어감은 정신적 발전 과정이라고 할 수 있다. 노인은 늙어가면서 젊은 시절의 왕성한 육체, 무엇이든 할 수 있다는 자신감을 잃어가지만, 대신에 경험을 통해서 삶의 의미를 새롭게 터득하고 삶의 질을 향상시킬 수 있는 지혜를 얻는다. 그래서 노인은 늙어가는 것이 아니라 조금씩 익어가는 것이고, 늙음은 곧 성숙이라는 긍정적인 의미를 가진다.

아리스토텔레스는 이미 기원전에 "세월은 책보다 더 많이 가르친다"고 말했고, 공자 역시 "나이는 세월이 주는 게 아니라 세상이 주는 것"이라고 말했다. 젊은이는 자기 자신을 통해서 세상을 바라본다면, 노인은 세상을 통해서 자기 자신을 바라보고 삶의 의미를 성찰한다는 것이다. 크든 작든 간에 스스로 일궈놓은 인생의 열매를 향유할 수 있는 여유, 욕심을 훌훌 털어버리고 작은 바람으로 만족할 수 있는 소박함, 다른 사람의 입장에서 생각하며 겸손하게 양보하는 관용과 겸양, 이것들은 백발과 함께 오는 장점이라 여겨진다.

오직 이것들뿐이랴! 늙음이 오는 길을 막을 수 없고, 인생을 넓히거나 연장하는 데는 한계가 있으니 오직 노년을 아름답고 우아하게 하는 것들에 침잠할 뿐이다. 노쇠한 노인의 몸가짐은 둔하고 느린 것처럼 보이지만, 거기엔 노인만이 가질 수 있는 느긋함, 넉넉함, 여유로움, 성숙함이 자리하고 있는 것이다. 그래서 노년은 마음을 비운 곳간에 미움과 원망 대신에 사랑과 감사를, 시기와 질투 대신에 축복과 너그러움으로 채울 가장 좋은 나이이기도 하다. 노년의 성숙은 삶은 참으로 아름답고 고귀하다는 것을 보여줄 때 비로소 빛난다. 육체는 늙어가도 그 늙음에는 삶의 지혜가 아름답게 빛나야 한다.

　나이 들수록 사람은 살아온 인생이 참으로 짧다는 것에 놀라고, 살아갈 인생이 더 짧은 것에 더욱 크게 놀란다. 하지만 내일이 있는 한 지금의 나는 선사된 하루를 열심히 살기에 결코 늙지 않았다. 늙었으니 젊었을 때보다 더 많이 일해야 한다. 그렇게 살다가 내 시간이 다하는 어느 날 열심히 살았노라고, 그래서 내 삶이 귀하고 아름다웠노라고 기억하길 바란다. 아름답게 늙어가는 노인은 우아한 멋이 있고 존경스럽다. 그렇게 늙어가고 싶다.

노인은 어려지지 말고
어린아이처럼 되어야 한다

고대 그리스의 희극시인 아리스토파네스는 "노년은 두 번째 아동기"라고 말했고, 시공을 넘어 현대에 이르러서 마크 트웨인은 "고령의 노년은 우유가 없는 제2의 유년기"라 정의했다. 고래로 사람은 늙으면 다시 어린아이처럼 된다고 말한다. 이 '어린아이'에는 두 개념이 내포되어 있다. 하나는 육체와 정신이 함께 노쇠해져 노망을 부리는 '나이 먹은 어린아이'이고, 다른 하나는 노년의 경험과 어린 때의 단순함이 융화되어 성숙의 결과로 나타난 '지혜로운 어린아이'라 할 수 있다.

전자의 경우에서 볼 때 많은 노인은 병마에 시달리고 체력이 쇠진해질 뿐만 아니라 인식력이나 분별력도 쇠퇴하면서 말씨는 어눌해지고 행동은 굼떠진다. 어린 짓의 추한 노인 상을 독일의 동화작가인 그림 형제는 〈수명 Die Lebenszeit〉이라는 동화에서 이렇게 풍자하고 있다.

신이 세계를 창조할 때 모든 피조물에게 수명을 정해주려 했다. 신은 인간, 당나귀, 개, 원숭이에게 똑같이 30년씩 주었다. 당나귀, 개, 원숭이는 고달픈 삶이 싫다고 수명을 줄여달라고 해서 신은 당나귀에겐 18년을, 개에겐 12년을, 원숭이에겐 10년을 줄여주었다. 오직 인간만이 오래 살기를 원했기 때문에 신은 이 줄여준 40년을 인간에게 주어 70년을 살게 했다. 인간은 첫 30년을 건강히 지내고 기쁘게 일하며 그의 현존을 즐기면서 사람다운 삶을 살 수 있었다. 그러나 그 후의 40년은 그렇지 못했다. 그는 죽어라 일해도 채찍만 맞으며 혹사당하는 당나귀의 고달픈 삶을 살아야 했고, 이어서 개에게 받은 세월에서는 한구석에 엎드려서 사납게 짖어댔고, 깨물 이빨도 빠져버렸다. 나머지 원숭이의 세월에서 그는 늙은 바보가 되어 아이들의 조롱거리가 되었다.

이 동화는 노년에 사람은 이빨 빠진 늙은 바보가 되어 개가 짖듯이 헛소리나 지껄여대고, 원숭이처럼 아이들의 조롱거리가 된 '나이든 애'는 되지 말아야 한다는 반어적 의미를 주고 있다.

'늙음과 낡음' 사이에는 큰 차이가 있다. 사람이 늙어가는 것은 필연적인 운명이라 할지라도, 최소한 '나이 드는 것'이 쓸모없이 '낡아지는 것'이어서는 안 된다는 것이다. 이 동화는 의미 없는 삶에 시간을 쏟는 것보다 의미 있는 삶에 더 많은 시간을 쏟는 것이 중요하다는 것을 강조한다. 다시 말해 사람이 얼마나 늙었느냐는 것이 아니라, 어떻게 늙었느냐는 것이 중요하다는 것이다.

늙어가면서 어려진다는 것은 곧 시간이 거꾸로 흐른다는 것을 의미한다. 미국의 작가 F. 스콧 피츠제럴드는 이 주제로 단편소설인 《벤저민 버튼의 기이한 사건The Curious Case of Benjamin Button》을 썼다. 피츠제럴드는 "인생의 최고의 순간이 처음에 오고, 최악의 순간이 마지막에 온다는 것은 유감이다"라는 마크 트웨인의 말에서 이 소설의 영감을 받았다.

소설의 주인공 벤저민의 시간은 거꾸로 흐른다. 그는 70세 노인으로 태어나 점점 젊어지고 어려져서 결국 태아의 상태로 죽음을 맞이하는 기이한 삶을 산다. 그는 태어나자마자 말도 하고, 할아버지와 더 친밀하고, 노인처럼 행동하고 사고한다. 18세가 된 벤저민은 예일대학교에 입학하게 되지만, 등록 일에 머리를 염색하지 못해 그만 50세 미치광이로 오해를 받아 학교에서 쫓겨난다. 힐데가르드와 결혼하지만, 그녀는 늙어가고 벤저민은 젊어지는 상반된 시간의 흐름 때문에 결혼은 실패로 끝난다. 그의 아들 로스코는 자신보다 더 어려진 벤저민에게 자신을 삼촌으로 부르라고 강요한다. 유아가 된 노년기에는 손자와 함께 유치원에 다니며 그와 잘 어울리고 어린아이처럼 행동하고 사고한다. 그는 나이 먹으면서 더 어려지고, 서서히 기억을 잃으며, 결국 모든 것이 태어나기 전으로, 죽음으로 돌아간다.

벤저민의 기이한 삶은 '어림'에서 '늙음'으로 가는 자연 법칙에 역행한다. 노인으로 태어난 그는 인간과 사회를 위협하는 괴물 같은 존재로 여겨지고, 다른 사람들은 물론 가족조차도 그의 기이한 삶을 비정상으로, 기괴한 것으로 생각한다. 피츠제럴드는 벤저민의 기이한 삶을 통해서 인간다움이 상실된 이기적인 사회 분위기를 풍자하고, 나아가 시간, 늙음, 죽음에 대한 문제를 사회적 고정관념과는 반대로 제시하면서, 사람은 늙으면 어려지는 게 아니라 성숙된 삶의 최고의 순간이 죽음이 되도록 지혜롭게 늙어가야 한다는 교훈을 주고 있다.

사실 노년에는 그동안 겪었던 좋은 경험이 가치를 잃고 헛되이 되는 위험이 도사리고 있다. 노인은 이 위험을 인지해야 하며, 최선을 다해 그 위험을 극복해야 할 의무를 가진다. 즉, 노인은 벤저민처럼 되지 말아야 한다는 것이다. 괴테는 그의 대표작인 《파우스트》의 '전희 Vorpiel' 장면에서 어릿광대의 입을 빌려 "대담하고 우아하게 /···/ 자기 자신이 설정한 목표를 향하여 / 즐겁게 방황하며 소요해가는 것"이 노년의 작가로서 작품을 써야 할 의무와 각오임을 밝히고, 그런 노년의 모습을 어린아이의 삶에 비유했다.

> 늙으면 어려진다고 사람들은 말하지만,
> 천만에, 우리는 늙어서도 진정한 어린아이처럼 지내는
> 것이라오.(V. 202-203)

지혜롭게 나이 드는 것이 "어린아이처럼 지내는 것"과 비유되고 있다. 여기서 '나이 먹은 어린아이' 혹은 '어려진

노인'과는 달리, 노인이 '지혜로운 어린아이'의 새로운 의미로 나타난다.

그렇다면 '늙어서도 어린아이처럼 지낸다'는 괴테의 말은 무엇을 의미하는가? 신의 창조는 우주와의 유희로서 우주 질서와 자연법칙을 창조하는 것이고, 시인의 창작은 영혼과의 유희로서 신처럼 인간은 물론 삼라만상을 언어로서 창작하는 것이며, 어린아이의 놀이는 현실과의 유희로서 사물을 보고 만지면서 경험하고 인지하는 것이다. 어린아이는 무엇이든 상상하는 것을 장난감으로 만들고 그림으로 표현하는가 하면, 곧 싫증 내고 새로운 놀이를 찾는다. 이렇듯 어린아이의 유희는 현실적이고, 창조적이고 지속적이다. 해서 이런 어린아이는 독창성을 지닌 예술가라 할 수 있다.

문제는 어린아이가 자라는 동안에 여러 가지 이유로 어릴 때의 예술적 독창성이 사라진다는 것이다. 20세기를 대표한 큐비즘의 화가 파블로 피카소는 "어린아이는 언젠가 실제로 화가가, 그것도 위대한 화가가 될 수 있다"는 가능성을 강조했다. 피카소는 자신의 독창성은 바로 어릴 때의 독창성에서 나온 것이며, "나는 늙었을 때 라파엘처럼 그릴 수 있었으나, 어린아이처럼 그리기 위해선 평생을 필요로 했다"고 말했다. 피카소는 나이 먹어서도 어릴 때의 정서, 옛 습관, 즐거움, 취미를 잃지 않는 사람을 훌륭한 사람이라 했다. 또한 그런 사람은 순박하고 창조적인, 그래서 끝없는 상상력과 호기심으로 유희에 몰입하는 어린아이 같은 노인이 될 수 있다고 했다.

대개 '젊은 노년'의 기쁨은 얼마 전까지도 의기왕성하게 일했던 젊은 시절에서 오지만, 고령의 노인에게 기쁨은 오히려 먼 옛날의 유년 시절에서 오기 일쑤다. 그렇게 유년 시절은 노인에게 위안이 되고, 노인은 나이 들수록 어린 시절을 가슴에 품은 어린아이가 된다. 경험으로 현명해진 노인은 다시 어린아이처럼 순박하고 단순해질 수 있으면서 이전에 이루지 못한 것을 더는 갈망하지 않고 삶에 긴장을 주는 희망 같은 것을 쉽게 스스로 포기할 수 있다. 해서 우울해하지 않고 현실을 즐길 수 있다. 이것이 노인의 장점이고, 바로 여기에 늙음의 가치가 있으며 늙음이 존경받는 이유가 있다.

그런데 모든 노인이 다 그럴 수는 없다. 늙음이 '성숙해지는 것'이 아니라 '어려지는 것'은 노년의 비극으로, 장수 시대를 사는 노인에게 주어진 극복해야 할 과제이며 의무다.

5세든 20세든 80세든 간에 누구에게나 오늘 이 순간은 처음 살아보는 나이이며, 가장 어린 날이다. 문제는 내가 살고 있는 이 순간을, 즉 가장 어린 날을 어떻게 보내느냐이다.

모든 인간에게 창조적 충동은 연령에 묶여 있지 않다. 노화는 성장과 성숙이어야 하지, 시간이 거꾸로 흐르는 벤저민 버튼의 생애처럼 인간의 육체적·정신적 능력을 파괴하는 것이어서는 안 된다.

노인의 지혜가 어린아이처럼 순박하고 단순한 삶에서 나온다면, 그것은 순수한 존재처럼 선과 악을 모르고, 부끄러움도, 죽음의 두려움도, 거짓도, 탐욕도 없는 어릴 적 순수한 자아로의 회귀, 즉 '참된 나로의 변용'을 의미하는 것이 아닐까? 그때 비로소 노인은 느긋함과 넉넉함, 여유와 유머, 겸손과 품위를 보여줄 수 있고, 늙음이 성숙된 모습으로 존경받을 것이다.

주름살을 보면서
청춘을 동경하다가

늙는다는 것은 피할 수 없는 숙명임에도 언제나 젊음을
유지하고픈 욕망은 시대를 막론하고 인간의 삶과 의식에
강하게 작용했다. 고대 그리스인의 올림픽 경기나 로마인
의 목욕문화는 체력 단련을 통해서 젊음을 유지하고 노화
를 지연시키려는 수단으로 오늘날까지 애용되고 있다.

문학, 회화, 조각 같은 예술은 회춘에 대한 환상, 영원한
젊음에 대한 동경, 가버린 청춘에 대한 슬픔 등을 비유적
으로 나타낸다. 신화 속의 나르키소스는 호숫가의 물속에

비친 자신의 모습이 세상에서 처음 보는 가장 아름다운 얼굴이라 착각하고 깊은 사랑에 빠져 결국 그 모습을 따라 물속으로 들어가 죽는다. 나르키소스 신화는 자기애와 젊음의 아름다움에 대한 망상의 역설적 표현인 것이다.

르네상스 시대의 화가 루카스 크라나흐가 74세의 노년 (1546년)에 완성한 그림 〈젊음의 샘Jungbrunnen〉에서는 늙고 허약한 인간들이 마력의 물로 목욕하고 젊음을 되찾는다. 영원한 청춘에 대한 동경을 이 그림보다 더 생생하게 묘사한 것은 없다. 괴테의 《파우스트》에서도 노학자 파우스트는 젊은 그레첸과의 사랑을 위해 '마녀의 주방'에서 회춘의 '영약'을 마시고 30년이나 젊은 청년의 모습으로 변한다.

19세기 말 유미주의 문학을 대표하는 아일랜드의 작가 오스카 와일드는 소설 《도리언 그레이의 초상The Picture of Dorian Gray》을 썼다. 이 소설에서 영국의 귀족 청년 도리언은 늙지도 추해지지도 않기 위해 자신의 초상화와 영혼을 맞바꾼다. 도리언 자신은 살인까지 저지르며 향락과 방종의 사생활에 빠져듦에도 불구하고 계속 젊은 모습을 지니고 있는 반면에 그의 초상화는 늙고 추해져 간다. 이 소설은 늙음에 반항해서 영원한 젊음의 아름다움을 잃지 않으려는 인간의 본능적 욕구를 탐미주의적 관점에서 잘 묘사하고 있다. 문학이나 예술에서는 늙지 않고 젊게 머물며 오래 살려는 인간의 환상이 주로 주술적 회춘요법과 신비의 묘약에 의해서 이루어진다.

그러나 의학의 발달과 더 나아진 생활 조건 덕분에 수명이 길어지면서 옛날의 미학적 방법으로는 더 오래 젊음을 유지하려는 현대인의 욕구와 환상을 예전처럼 정신적으로나 심리적으로 만족시키지 못했다. 이제는 그 자리를 의술과 미용술이 대신하게 되었다.

성형외과는 직접 인간의 육체에서 노화의 많은 증상을 가능한 한 감추고 교정하고 제거한다. 성공적인 성형수술은 얼굴과 육체를 최소한 실제의 나이보다 더 젊고 아름다운 모습으로 바꾸어놓는다. 나이와 관계없이 사람들은 피부를 신선하고 탄력 있게 만들고, 건강하고 날씬한 몸매를 유지하려 노력한다.

현대인은 나이 들어가면서 늙고 허약하게 보이기보다는 젊은이처럼 활동적이고 매력적으로 보이길 바란다. 오늘날 늙는다는 것은 자신의 노력으로 최대한 늦출 수 있다. 노화의 자연스러운 흐름에 자신을 방치하는 자는 유행의 아웃사이더처럼 보인다. 젊음을 오래 유지하지 못한다는 것은 자신에게 책임이 있다. 현대의 인간은 자신의 외모에 책임을 진다. 자기 나이의 대장장이인 것이다.

이렇게 시대가 바뀌었고, 젊은이나 노인의 모습도 변했다. 지금의 노인은 나이보다 더 젊어 보인다. 사실 노인의 실제 나이를 분간하기가 쉽지 않다. 현대의 노인은 늙었음에도 스스로 젊게 생각하고 또 그렇게 살고 있는 것 같다. 백발은 검게 물들이고, 얼굴에서 검버섯이나 주름살을 없애서 젊어 보이게 한다. 심지어 의학의 힘으로 수면에 들어갔다가 몇십 년 후에 깨어나 손자와 같은 또래로 함께 살아갈 수 있는 시대가 도래할 수도 있다. 바야흐로 항노화Anti-Aging시대다.

남녀를 막론하고 항노화의 욕구는 우선적으로 늙음의 추한 모습을 가리려는 지극히 자연적이고 본능적인 충동에서 비롯된다. 하지만 이 같은 현상은 언젠가는 한계점에 이르게 되고, 결국 변화하기 마련이다. 그럴 때면 청춘의 망상은 사라지고, 거울 속에 비친 늙은 나의 실상이 보인다. 그리고 외모에 대한 병적인 집착과 지나친 성형은 자신도 모르게 늙음을 우습게 만들고 동시에 그 품위를 손상시킨다.

주름은 얼굴에 남겨진 삶의 자랑스러운 흔적이고 마음

에 새겨진 인생 이야기가 되어 매끈한 피부보다 더 아름답게 보인다. 늙음이 두렵지 않으니 주름이 더 많이 생겨도 좋다. 주름을 수술로 없애버리려는 것은 내 삶의 귀중한 흔적과 이야기를 없애는 것이니, 가장 어리석은 짓임을 깨닫게 된다. 인위적 항노화는 자연적 노화의 아름다움을 파괴하는 위험 요소를 배제할 수 없다.

이제 항노화의 진정한 의미를 생각해본다. 나이 든다는 것은 인습의 굴레에서 자유로워진다는 것이 아닐까. 그래서 늙음은 내면의 자유를 만들고, 그 자유는 노년의 삶을 아름답게 만든다. '항노화'가 '친親노화Good-Aging'로 변화할 때 늙음은 더 이상 육체를 황폐하게 만들고 영혼을 어둡게 하는 불행이 아니다. 결국 친노화적 변용은 자신의 내면에서 생긴다.

항노화의 시대적 경향에는 '젊은 노인'의 활동력과 소비력을 조장하는 긍정적인 면도 있다. 다시 말해 항노화를 위한 노력은 외양적으로 늙는 것을 인위적으로 조금 지연시킬 수 있다는 것보다 노인에게 젊음의 활력과 일에 대한 의욕을 북돋아주는 데 더 큰 의미가 있다는 것이다.

찾아오는 새것을 위해 밀려나 사라지는 것이 자연이라면, 노인이 된다는 것은 '사라짐'의 미덕을 빚는 존재 구조라 할 수 있다. 그러니 자연의 섭리에 맞게 우아하게 늙는다는 것은 행복이고, 아름다운 노년으로 '사라짐'의 미덕을 지키는 것은 축복이 아닐 수 없다.

노년에게도 사랑은 있다

요즘 거울 속 내 모습을 볼 때면 나는 45여 년 전에 보았던 알프스 산속의 한 마을 풍경이 떠오르곤 한다. 박사 학위를 끝낸 그해 겨울에 큰누님이 우리와 함께 유럽여행을 하려고 내가 살고 있는 쾰른에 오셨다. 누님과 아내, 나, 그리고 수개월 전에 유학 온 막냇동생(이원복 교수)이 합류해서 우리 네 식구의 5500킬로미터 장정이 시작되었다. 이동수단은 폭스바겐의 케퍼였고, 내가 운전하고 막내가 지도를 보며 길잡이 역할을 했다. 그의 《먼 나라 이웃나라》는 이 여행과 함께 시작되었다.

마지막 코스는 이탈리아의 베네치아에서 독일 뮌헨까지였다. 이 두 도시를 잇는 아우토반(고속도로)은 알프스산맥을 가로지르며 나 있어 아름다운 경치로 유명하다. 우리가 내리막길이 시작되는 정상에 왔을 때 산을 덮고 있는 흰 눈은 진보라색으로 물들어가기 시작했다. 산 아래 있는 작은 마을이 너무 평화롭고 아름다워 보여서 우리는 차에서 내려 자연과 인간이 조화를 이룬 풍경을 황홀하게 바라보았다. 아마 오스트리아 인스부르크 근교의 산속 마을 같았다.

집마다 지붕 위에는 흰 눈이 소복이 덮여 있고, 주황색 불빛이 유리 창문을 통해 반짝이는 것이 마치 하늘의 별들이 지상에 깔린 듯했다. 지붕 위로 뾰족 솟아 있는 굴뚝에선 흰 연기가 바람에 흩날렸다. 흰 눈으로 덮인 지붕 아래 아늑한 거실은 벽난로가 불꽃을 너울거리며 따스한 열기를 뿜어내고 있어 따뜻하고 정겨워 보였다. 이 평화롭고 아름다운 풍경이 지금 나에 대한 비유로 떠오른다. 백발의 나는 흰 눈 덮인 지붕과 같고, 내 심장은 불꽃이 뜨겁게 타오르는 벽난로 같다. 흰 눈이 덮인 지표 아래에 용암이 이글거리듯이 말이다.

사람은 늙어가면서도 마음만은 젊음을 잃지 않으려고

한다. 나 역시 나이 들어갈수록 젊었을 때의 변화무쌍한 시절을 즐겨 되돌아보고, 본능적 욕구인 듯 그때의 사랑을 다시 경험하고 싶어 한다.

아마도 노년의 사랑은 나이가 아니라 사랑에 대한 내면의 열정에 달려 있는 것 같다. 일찍이 독일 계몽주의시대의 시인 레싱은 노인의 젊은 정신을 찬양하며, 노인을 노쇠함과 능력 상실에서만 보려는 젊은이의 생각이 잘못된 것임을 지적한다.

노인이여, 춤추어라, 나이 먹었을지언정!
이 무슨 기쁨인가, 이리 말하면:
노인이여, 그대의 머리카락은 늙었지만,
그대 정신은 생기발랄하구나!

레싱의 시가 말해주듯이, 괴테의 '마지막 사랑'은 노인도 20대처럼 모험적인 사랑을 할 수 있다는 것을 보여준다. 1821년에 72세의 괴테는 마리엔바트 휴양지에서 레베초브 부인과 그녀의 세 딸을 알게 된다. 괴테는 50여 년이란 나이 차이에도 불구하고 그녀의 첫째 딸인 17세의 울리케를 열렬히 사랑하게 되어 정식으로 그녀에게 청혼했다. 그녀는 아버지처럼 괴테를 사랑했다. 괴테의 사랑은 그가 1823년에 마리엔바트를 떠날 때까지 2년 동안 계속되었다.

그러나 주위에선 74세나 되는 괴테에게 "현명하게 처신하라"는 비난과 충고가 많았다. 괴테 자신도 억제할 수 없이 치솟는 열정을 진정시킬 수 있는 단 하나의 '저항력'은 '체념'이라는 것을 잘 알고 있었다. 결국 그는 오랫동안 고심한 끝에 유일한 해결책으로 울리케를 포기할 수밖에 없었다. 그것은 괴테에겐 고통의 심연으로 떨어지는 것이었다. 괴테는 이룰 수 없는 사랑의 고통을 느끼며 시 〈마리엔바트의 비가Marienbader Elegie〉를 썼고, 그럼으로써 그 고통에서 벗어날 수 있었다.

이 비가에서 괴테는 울리케에 대한 사랑을 신들이 그를 시험하기 위해 준 '판도라 상자'라 했다. 괴테는 그 상자를 열었고, 그 상자는 "그와 울리케를 갈라놓고, 그를 파멸시켰다." 울리케는 긴 세월이 지난 후에 괴테의 사랑을 회상하며 "그것은 분명 사랑이었다"라고 새롭게 확인했다. 괴테 역시 그녀에 대한 사랑을 죽을 때까지 마음속에 품고 있었다.

괴테는 1823년 11월에 울리케와의 이별로 병상에 누워 있었다. 그는 병문안 온 친구 첼터에게 〈마리엔바트의 비가〉를 읽고 또 읽어주었다. 첼터는 그런 괴테에 대한 느낌을 이렇게 말했다.

내가 무엇을 느끼느냐고? 마치 사랑을, 몸 안에 청춘의 온갖 고통을 지닌 모든 사랑을 가진 듯이 보이는 한 사람을 생각한다. 고통이 강화와 수단이었다. … 문학은 삶의 극복으로서, 기쁨으로서 가히 승화라 말할 수 있었다.

《괴테와의 대화 Gespräche mit Goethe》를 쓴 요한 페터 에커만은 그해 11월 17일에 괴테의 병에 대해서 말했다.

그의 병은 단순히 육체적인 것만은 아닌 듯했다. 오히려 지난여름에 마리엔바트에서 어느 젊은 여성에게 사로잡힌 열정 때문인 것 같았다. 그는 지금 그런 감정을 극복하려고 애쓰고 있으며, 바로 이것이 현재 병의 주된 원인이라 할수 있다.

1831년 8월 23일에, 그러니까 죽기 7개월 전에 괴테는 울리케에게 편지를 쓰며 자기 앞에 놓아둔 레베초브 부인의 세 딸의 이름이 있는 잔은 그에게 가장 아름다운 시간을 생생하게 떠오르게 했을 뿐만 아니라 그의 사랑이 변함없음을 확신했다고 적었다.

괴테의 '마지막 사랑'에 대해 자세히 설명한 이유는 그의 노년의 사랑이 시공을 넘어서 오늘의 우리에게 많은 생각을 자아내게 하기 때문이다. 괴테는 에로티커 Erotiker로서, 아니면 시인으로서 울리케를 사랑했는가? 만일 두 사람이 결혼했다면, 이들은 행복했을까? 50년이란 나이 차이에도 불구하고 청혼한 괴테의 사랑은 통속적인 의미에서 노년에 젊은 여자를 얻으려는 '늦바람'이라고 나쁘게 생각할 수 있지 않은가? 아니면 그의 사랑은 오직 작품을 창작하기 위해 시적 영감을 얻으려는 수단일 뿐이라고 비판할 수 있지 않은가? 여하튼 괴테의 '마지막 사랑'은 에로티즘 Erotism의 의미에서 볼 때나 문학 창작의 순수성에서 볼 때나 간에, '금지된 사랑'이 아닐 수 없고, 그래서 그는 고뇌에 빠질 수밖에 없지 않은가? 하지만 괴테의 경우엔 사랑의 고뇌가 창작을 위한 수단이 아니라 오히려 문학이 이 고뇌를 극복하기 위한 수단이 아닌가?

이런 질문들은 곧 나에 대한, 아니 오늘을 살고 있는 노인 모두에 대한 질문이기도 하다. 괴테가 그랬듯이 21세기를 살고 있는 노인도 옛날의 사춘기처럼 다시 한 번 사랑의 꽃을 피울 수 있는가? 그리고 그 사랑은, 물론 경우에 따라 다르겠으나 '늦바람'으로 비난되어야 하는가? 아니면 '순수한 사랑'으로 변호될 수 있는가? 만일 '금지된 사랑'이라면 우리는 그 사랑의 고뇌를 어떻게 극복할 수 있는가? 그리고 인간의 성적 본능을 자극하는 노년의 에로티즘에는 문제가 없는가?

놀랍게도 사람은 나이를 불문하고 금지된 사랑을 할 때 에로티즘이 더욱 크게 자극된다. 왜냐하면 에로티즘은 동물에겐 오직 종족 보존을 위한 것이지만, 인간에게는 종족 보존을 넘어서 '잉여의 성욕'을 즐길 수 있는 전유물이기 때문이다.

WHO는 1974년에 섹스를 인간의 기본권리로 규정했다. 모든 인간은 성적 건강에 대한 권리와 사회적 윤리의 범주 내에서 섹스를 즐기고 조정하는 권리를 가진다는 것이다. 이 기본권은 전 생애에, 그러니까 노년에서도 유효하다. 노인도 죽을 때까지 성생활을 제약 없이 자유롭게 즐길 수 있다는 것이다. 따라서 100세 시대를 지향하는 현대 사회에서, 그리고 60~70대의 젊은 노년 집단이 강하게 부상하면서 노인의 섹스 문제는 어느 때보다도 더 중요해지고 있다.

물론 노인은 젊은이보다 섹스의 빈도가 줄고, 섹스에 대해서도 덜 생각한다. 그렇다고 해서 노인의 성적 욕구가 퇴화한 것은 아니고, 내면화되었을 뿐으로 변함없이 남아 있다. 다만 나이와 함께 감소해가는 성욕과 성교의 빈도는 결코 '생물학적'으로 파악되어서는 안 되고, 개인적인 건강 상태, 성생활의 만족도, 파트너의 자유로운 대응, 사회적 지위 등 사회적·문화적 여건과의 상관 개념에서 파악되어야 한다. 그렇지만 흔히 노인은 섹스 빈도의 감소를 성적 쾌감과 정력 쇠퇴라는 노년의 불가피한 생물학적 과정으로 생각하기 때문에 심리적으로 스트레스를 받는다.

하지만 노년에서의 섹스는 젊을 때보다 더 많은 영매靈媒의 힘을 발휘할 수 있다고 본다. 확실한 내적 결합 형태로서, 애정의 감정으로서, 호감과 사랑의 표현으로서 섹스보다 더한 것은 없다 해도, 만족스러운 성생활은 '얼마나 자주'에 대한 문제에만 있는 것이 아니다. 부부 관계에서 섹스의 빈도가 사랑에 대한 척도라 할 수 없는 것은, 노년의 부부 생활은 섹스를 넘어서 영적으로 서로 만족스럽게 교감할 수 있는 부부 관계에 달려 있기 때문이다. 서로의 깊은 관심과 이해에서 생기는 애정과 배려, 믿음과 안정,

무엇보다도 침실 밖에서도 사랑과 존경으로 충만한 '우리-감정'은 노인으로 하여금 성적 능력 만능주의에서 유래하는 심리적 콤플렉스를 극복하게 한다.

노인의 에로티즘은 육체적 사랑으로만 결정되지 않는다. 오히려 노인의 현명함과 침착함은 섹스를 젊은 시절의 '필연'이 아니라 노년의 자유로운 '의지'와 '허용'에서 받아들이게 하고, 자신을 알게 하며, 다른 사람과 비교하지 않고 자신만의 만족스러운 성생활을 지속하게 한다.

특히 성의 자유가 어느 시대보다도 강하게 주창되는 오늘날의 장수 시대에 노인의 에로티즘이 고령에 이를 때까지 품위 있고 아름답게 이루어진다면 노인의 에로티즘을 부정적으로 받아들였던 사회의 상투적 편견은 긍정적으로 바뀔 수 있다. 그런 면에서 괴테의 '마지막 사랑'은 오늘의 '새로운 에로티즘의 노인상'을 거의 200년 앞서 보여주고 있는 것이 아닐까? "사랑은 나이가 아니다. 사랑은 끊임없이 생긴다"고 괴테는 말했다. 그는 젊은 때와 마찬가지로 노년에서도 에로티즘을 긍정적으로 거침없이 받아들이고, 품위와 아름다움을 지키기 위해 체념의 고통을 시로 승화시켰다. 비록 늙음으로 인해 울리케에 대한 사랑을 지키지 못한다 해도, 사랑은 늙음을 지켜준다는 것을,

즉 '사람은 사랑하는 한 언제나 젊다'는 것을 괴테는 우리에게 전해주고 있다.

비록 우리의 육체는 늙어간다 해도 노인의 정서에는 젊음과 사랑을 간직할 수 있는 여유와 지혜가 있어야 한다. 우리 마음속에 간직된 젊음과 사랑은 고령의 노년에서도 정신적 허약함과 정서적 메마름에서 우리를 지켜줄 수 있다. 과거는 현재를 있게 한 경험이기에 노인에게 늘 아름답게 다가온다. 설령 노년의 사랑이 기쁨보다 고통을 가져다준다 해도, 노인의 마음속에 간직된 사랑은 그를 젊어지게 하고, 아름다운 기억이 되어 노년의 삶을 아름답게 만든다. 늙었어도 아름다움을 아름답게 느끼고, 아름답다고 거침없이 말할 수 있는 자, 순수하게 가슴에 사랑과 정열을 품은 자는 늙지 않는다. 늙음이 사랑을 지키지 못한다 해도, 사랑은 늙음을 지켜주기 때문이다.

알프스 산속 어느 이름 모를 평화롭고 아름다운 마을의 겨울 풍경은 내 노년의 에로티즘에 대한 메타포로 새겨져 있다. 아직도 가슴 설레고 사랑에 아파할 줄 안다. 그리고 그 아픔을 내면의 아름다움으로 승화할 수 있으니, 노인의 사랑은 아름답지 않은가!

쿠오 바디스 Quo Vadis,
노인을 위한 안식처는 어디에?

형님이 갑자기 돌아가신 후 조카들은 형수를 누가 모실지 의논했다. 어느 누구도 형편이 여의치 않고 본인도 원치 않아서 결국 살고 있는 집을 정리하고 용인에 있는 어느 실버타운에 모시기로 결정했다. 우리 내외는 그 회사의 초청으로 이미 두 번이나 가본 곳이다. 시설이 좋고 호텔급으로 고급스러웠다. 식당, 오락 시설, 수영장과 각종 운동 시설이 완벽했다. 입주하고 싶은 충동이 절로 들 정도였다.

형수가 이사하는 날 우리 내외는 그곳을 방문했다. 동호수를 잘못 찾는 바람에 그곳에 거주하는 환자들이 입원하고 치료받는 병동으로 들어섰다. 안내데스크에서 위치를 확인하고 나오면서 오른쪽 통유리벽 안쪽에 있는 휴게실 같은 큰 홀이 한눈에 들어왔다. 환자복을 입고 휠체어에 앉아 있는 초췌한 모습의 노인들이 보였다. 옆에는 받침대가 서 있었고, 그것에 걸려 있는 크고 작은 플라스틱 주머니에서 나오는 여러 개의 가는 호스가 그들의 팔에 늘어져 있었다. 그들은 한결같이 창밖을 바라보며 조용히 앉아 있었다. 두어 명의 간호사가 무엇인가를 체크하고 기록하며 그들 사이를 지나갔다. 그곳에서 그들이 무엇을 생각하는지는 알 수 없다 해도 내가 분명히 느낀 것은 지독한 적막과 고독이었다.

　늦가을 오전 날씨는 제법 쌀쌀했다. 인기척 하나 없는 누런 잔디 사이로 난 아스팔트길을 따라 형수가 살아갈 동에 이르렀다. 방문을 들어서니 혼자 살기에 넉넉한 공간에 침대, 소파, 의자 등 필요한 가구와 가전제품이 깨끗하고 편리하게 배치되어 있었다. 이삿짐이 조촐했다. 필요한 것은 살아가면서 장만할 거란다. 형수는 처음 대하는 환경에 좀 걱정스럽고 불안해하는 기색이었다.

점심시간이 되어 우리는 식당으로 갔다. 예약된 식탁에 앉아서 그날의 점심 메뉴를 받았다. 가까운 이웃 식탁에도 방문한 식구들이 백발의 노인을 둘러앉아 식사하면서 환담하는 소리가 들려온다. 여기저기 식탁에서는 혼자서 식사하거나 그간 살면서 친해진 노인이 삼삼오오로 모여서 식사하면서 이야기를 나누며 까르르 웃곤 했다. 정결한 레스토랑의 고급스러운 분위기에 잘 훈련된 종업원들의 서비스, 노인의 건강에 맞추어 잘 짜인 식단, 화기애애한 이야기들, 여기엔 아침에 잘못 들른 병동의 노인이 풍겼던 지독한 적막과 고독 같은 것은 없고, 생명의 온기와 삶의 활기로 차 있었다.

식사 후에 식구들과 함께 방으로 돌아왔다. 조카들이 어머니에게 살아갈 생활 규칙, 여러 가지 운동, 취미, 오락 시설 등의 위치, 이용법 그리고 방에 있는 기기들의 사용법 등을 설명해주었다.

그러는 사이에 나는 창가에 서서 바깥 풍경을 바라보았다. 탁 트인 시야에 펼쳐진 한산한 잔디밭에는 잘 다듬어진 잔디가 누렇게 물들어가고 있고, 저 멀리에 한 그루 소나무가 멋지게 휘어진 가지를 뽐내며 바람에 흔들거리며 서 있었다. 늦은 오후에 햇빛이 잔디를 황금빛으로 물들이고 소나무의 그림자가 길게 드리워질 때까지도 거니는 사람이 없다. 방에서 바라본 바깥 풍경은 깨끗하고 잘 가꾸어져 있었지만, 생기가 없고 조용하고 인기척 없는 그야말로 고독의 풍경이었다.

창문을 통해 바라본 고독의 풍경은 내 기억 속에 아주 오랫동안 잠자고 있던 독일의 양로원을 상기시켰다. 라인강의 기적이라고 세계가 부러워하는 독일의 경제 발전은 사회적으로 많은 어두운 그림자를 만들었다. 무엇보다도 노인 문제가 심각하게 부상했다. 아마도 1970년 초였을 것이다. 그때 TV에 방영된 한 가족 드라마가 사회적 관심을 크게 불러일으켰다. 맞벌이 중년 부부가 집에 홀로 있는 노모를 설득해서 양로원에 모시고 나면, 얼마 있지 못하고 집으로 돌아온다. 이런 일이 반복되면서 아들이 홀어머니를 양로원에 두고 돌아가면서 밀려오는 슬픈 감정에서 아내와 나누는 대화, 다시 돌아온 어머니를 다시 양로원에 모시기 위해 설득하는 노력, 흔쾌히 아들의 뜻에 따라서 다시 양로원으로 들어와 살기까지 노모의 대화 등이 우울하거나 슬프지 않고 오히려 가볍고 희극적이어서 사람들이 폭소하면서 보았다. 이렇게 같은 주제가 반복되면서 노년의 문제를 사회적으로 부각시키고 그 이상적인 해결 방법을 찾고 있었다.

　독일의 양로원은 이미 잘 자리 잡은 사회보장제도를 통해 운영되는 양로기관으로, 우리나라에서 지금 기업 형태로 운영되고 있는 호화로운 실버타운과는 다르다. 나라의 도움이 필요한 가난하고 고독한 노인들이 살고 있기 때문에 서로 의지하고 외로움을 달래며 살아가게 마련이고, 주변의 공원 벤치에 쌍을 지어 앉아 있는 광경이 인상적으로 눈에 들어왔다.

　고학苦學의 역경을 헤치느라 주변을 살펴볼 여유가 없었던 나에게도 그 광경은 생소했지만 외롭고 쓸쓸해 보였다. 일간지에서는 '문 앞에 우유와 신문이 쌓이면 노인의 고독사'라는 기사가 사회문제로 보도되었다. 양로원은 큰 기숙사나 병영처럼 좋은 시설을 갖추고 있었으나 그곳에 사는 사람들은 늙고 힘없어 사회에서 밀리고 밀려서 이곳까지 왔다는 생각에 모두가 외로워하고 있다는 생각이 들었다. 양로원에는 소외와 고독의 풍경이 지배하고 있었다.

　지금 나는 양로의 대상에 속한다. 친구들을 만나면 실버타운에 대한 정보와 의견이 많이 나온다. 이미 친인척이나 친구들이 그곳에서 살고 있다. 개인의 경제적 능력에 따라서 실버타운의 질이 결정된다. 형수의 실버타운을 다녀온

후에 아내와 나의 생각은 달랐다. 아내는 모든 것이, 삼시 세끼까지도 타인의 서비스로 해결되는 생활이 몹시 부러웠던 모양이다. 이젠 늙어서 집안일 하는 데 너무 힘겹고 지치니 편하게 살고 싶다는 소박한 소원이다. 어찌 나쁘다 할 수 있으랴!

하지만 나는 생각을 달리한다. 우리가 함께 살고 있는 한 지금처럼 서로 의지하며 살아가고 싶다. 아마도 실버타운에서 본 풍경이 내 기억 속에 오랫동안 남은 옛날 독일의 양로원에서 느꼈던 소외와 고독의 풍경을 되살아나게 해서, 나 자신이 사회에서 밀려난 이방인처럼 느껴질지도 모른다는 우려 때문일지도 모른다. 아직까지는 왜 그렇게 살아야 하는가 의문이 든다. 사랑하는 사람과의 외식일지라도 가끔 있어야 즐거운 것이다. 삼시 세끼를 타인의 서비스에 의존한다면 처음 얼마 동안은 편하고 좋을 수 있지만, 식사의 참행복은 그만큼 누릴 수 없게 될 수도 있다. 내 손으로, 때로는 아이들의 손으로 즐겁게 음식을 장만하고 함께 먹으며 사랑하는 사람들과 담소를 즐기는 행복이 나이 들수록 더 절실할 것이기 때문이다.

형수는 새 입주자로서 학벌, 재산, 지위에 따라 형성된 선입주자들의 모임에 낄 수 없는 왕따의 고통을 한동안 감내해야만 했단다. 지금은 잘 적응해서 살고 있지만, 자식 자랑, 돈 자랑, 지위 자랑은 금물이고, 과거 얘기나 사람 사귀기도 깊이 해서는 안 되며, 졸부부터 내로라하는 고관대작까지 이런저런 사람이 모여 살고 있으니 서로 조심하며 살고 있단다. 잠옷 바람으로 식당에 갈 수 없고, 방에서 생선찌개라도 끓이면 냄새난다고 난리법석이란다.

이곳도 사람 사는 세상임에는 분명하나, 노인만의 격리된 공간에서 공동생활을 하는 데서 오는 긴장이나 고독이 나를 슬프게 하리라는 것만큼은 분명하다. 시선이 가는 곳마다 늙음만이 있고, 해서 늙음을 재촉하는 노인의 세계보다 젊음의 아름다움과 생명의 활력이 생동하는 세계가 더 좋을 것이다. 그 사회 속에서 내가 움직이며 무엇인가 도움이 되는 일을 하면서 살고 싶다. 나는 아직 골동품이 아니다. 가만히 있어도 늙음이 찾아오는데, 서둘러 늙어버릴 필요는 없지 않은가.

물론 이런 생각은 나만의 편견일 수 있다. 유명 실버타운은 고액의 입주보증금과 월 생활비에도 불구하고 입주하려면 반년 이상이나 순서를 기다려야 한다니 돈 있는 노인이나 은퇴자의 로망임에는 틀림없는 것 같다.

우리 두 늙은이가 언제까지 지금처럼 건강하게 살지 모

르는 일이니 건강할 때 좀 더 편안한 삶을 위해 현명한 결정을 내려야 하지 않을까 자꾸 생각하게 된다. 늙으면 쇠약해지고 성격도 변하게 되어 자연히 자식들에게 부담이 된다. 자식에게 이래라저래라 잔소리가 많아져서 싫어하게 될 것이다. 경솔하게 행동하면 노망처럼 보일 수도 있다. 더구나 치매에 걸리면 문제는 더욱 심각해진다. 무엇보다도 이 세상에 홀로 남겨졌을 때는 실로 견딜 수 없을 것 같다. 어떻게 살아야 하나, '어디로 갈 것인가', 그때 생각하면 후회하게 되지 않을까. 그래도 나는 지금처럼 젊음이 생동하는 이곳에서 아내와 함께 여전히 우리의 일을 해가며 살고 싶다.

이번 주말에 아이들이 온다고 연락해왔다. 나는 잡채와 불고기를 만들고 아내는 그 밖의 식단을 짜서 가족들의 입을 즐겁게 했다. 내 음식 솜씨가 식구들에게 인정받고 있으니 가족 파티 때마다 특별 메뉴 몇 가지는 내 몫이다. 잘 가라 문 닫고 돌아서면, 금방 마음 한구석이 허전해지며 아이들과 함께 있어 행복했음을 느낀다.

아이들이 온다고 저녁을 준비하고 뒷마무리까지 끝내고 난 후에 힘든 한숨을 내쉬고 의자에 앉으며 나를 바라보는 아내의 시선엔 '언제까지 이렇게…' 묻는 원망스러운 질문이 서려 있다. 애쓴 아내가 고맙고 애처롭게 보였다. 안방 구석에 있는 침대에 누우면 한없이 작아지고, 흉측한 발만 허공에서 허우적거리는 딱정벌레처럼 내 생각은 길 없는 미궁 속을 헤매고 있다. 나는 옳은 것일까, 아니면 아내의 소박한 소원도 외면하려는 이기적인 사람일까? 무호흡증으로 산소 양압기를 머리에 쓰고 자고 있는 아내의 숨소리가 오늘따라 유난히 거칠고 구슬프게 들려온다. 그럴 때면 잠을 설치고 해답 없는 생각만이 꼬리에 꼬리를 물고 이어진다. 나는 어디로 가야 하는가?

고독이 멋있는 순간

어릴 적부터 어머니의 손을 잡고 교회에 나갔다. 그러나
아내는 가톨릭교인이어서 그녀와 결혼하기 위해 개종한
이후로 성당에 나가고 있다. 고등학교 동창 가톨릭 모임인
대건회의 회원으로 매주 화요일 미사에 참석하지만, 매월
둘째 금요일 12시에 열리는 기독인 동창모임에도 가끔 나
간다. 모임이 끝나면 점심식사를 함께하며 환담을 나눈다.
그래도 헤어지기가 아쉬우면 몇몇 친구들은 커피 타임을
갖는다. 그날은 다섯 명이 함께 커피와 차를 마셨다. 한참
이야기가 무르익어 갈 때 내 옆에 앉아 있던 J가 맞은편에

앉아 있는 K 교장에게 말을 건넸다. 이 두 사람은 각별히 친한 사이었다.

"이봐, 내가 우리 집사람하고 계수씨 기일에 자넬 찾았을 때, 안방을 온통 꽃으로 장식하고 마누라 사진 앞에 촛불을 켜놓고 앉아 있었던 자네 모습이 진솔했다기보다 정말 외롭고 쓸쓸해 보였다네."

K 교장은 수년 전에 상처했다. 그는 말없이 가벼운 미소만 지었다. 평생을 교육에 몸담고 있었기 때문인지, 상처한 후에도 그의 외모와 처신에는 변화가 없었다. 사실 내 나이쯤 되면 주변에 상처한 친구가 많이 있게 마련이다. 그런데 나의 선입견 때문일까, 홀아비들에게서 하나같이 느껴지는 분위기는 고독과 초라함이었다. 그러나 K 교장은 그의 조용한 미소에서 초라함보다는 방 안에 가득히 풍기는 아름다운 꽃향기처럼 아내에 대한 그리움의 향취를 흠뻑 느끼게 했을 뿐만 아니라 고독마저 노년의 우아한 멋으로 아련히 풍겼다.

바람직한 결혼 생활이란 애정이 우정으로 승화되어 가는 과정이 아닌가 싶다. 낯선 남녀가 함께 살면서 서로가 내면의 가장 깊은 곳에 있는 생각과 감정을 읽을 수 있고, 있는 그대로 서로를 받아들이고, 편한 마음으로 서로가 의

지하며 하나처럼 느껴지는 것, 그것이 진정한 친구로서의 남편과 아내 사이의 사랑이다. 최소한 한 명의 진정한 친구가 필요할 때 그 자리를 아내가 메워준다. 그런 친구 같은 아내가 없다는 것은 외롭고 괴로운 것이다. 상처의 경우가 그렇다 할 수 있다. 자기 존재의 반을 상실한 고독은 노년에서 어쩔 수 없이 겪어야 하는 지극히 비극적인 것이다.

나에겐 또 다른 고독한 친구 K 교수가 있다. 그는 반세기를, 그러니까 50년을 독일에서 살고 있다. 우리 동창들 중에 최초의 대학교수였던 그는 박사 학위를 취득하기 위해 교수직을 버리고 1970년에 독일로 유학 갔다. 그보다 4년 전에 유학 온 나는 퀼른공항으로 마중 나가 미리 얻어놓은 집으로 안내했다. 부인은 간호사로 1년 전에 왔기 때문에 이들은 곧 안정된 생활을 할 수 있었다.

그는 헤겔 철학에 몰두했다. 그러나 군사정권에 반대해서 반정부운동에 참여했고, 이념의 희생양이 되어 독일에서 영주하고 있다. 부인은 7년 전에 사망했고, 두 아들은 결혼해 다른 도시에서 살고 있다. 유학 시절에 알고 지냈던 그 또래의 몇 안 되는 독일의 한국인 지인들도 모두 죽었다. 그렇게 그는 오랜 세월을 완전히 홀로 살고 있다.

나는 학회에 참석하거나 자료를 수집하기 위해 자주 독일에 갔다. 정년 퇴임 후에도 큰딸이 독일에서 살고 있기 때문에 거의 매년 독일에 간다. 그때마다 나는 그를 꼭 방문한다. 가장 친하다고 여기는 친구에 대한 우정 때문이랄까, 아니면 만나지 않을 경우에 드는 자책감 때문이랄까, 만나고 싶었고 꼭 그래야 했다. 그래야 마음이 즐겁고 기분이 좋았다.

우리가 젊어서 만났을 때는 맥주를 밤늦도록 마시면서 대화도 제법 활발했고, 주제도 다양했다. 그러나 그런 대화의 양상은 해가 갈수록 변해갔다. 이젠 만나면 대화는 한 시간이면 소재가 고갈되고, 그것도 지극히 원초적이고 생물학적인 안부 성격을 벗어나질 못한다. 맥주도 한 잔이면 족하다. 옛날 함께 걷던 공원의 산책길을 천천히 걸으며 이따금 마주치는 시선에서 모든 마음과 아쉬움이 교차한다. 이번에도 200킬로미터를 달려가 그를 만났을 때, 나는 그에게 기회 있을 때마다 자주 했던 말을 다시 꺼냈다.

"여보게, 이젠 뼈라도 고향에 묻을 생각을 해봐야 하지 않겠나? 언제 한번 올 거야?"

"이전엔 자주 생각해보았지. 그런데 지금은 아니야. 어머니, 형님들, 누님들 모두 돌아가시고 있을 곳도 마땅치 않아. 죽으면 자연으로 돌아가는 것, 그곳이 진정한 고향이 아니겠나! 한국이면 어떻고 독일이면 어때! 조용히 혼자서 세끼 밥 먹고, 산책하며 그리운 사람, 사랑하는 사람들 생각하면서 매일처럼 하루를 감사히 보내면 마음이 편해져. 외롭긴 한데 괴롭진 않아."

나는 그가 젊은 시절부터 반정부운동으로 다른 유학생보다 더 많은 갈등과 고독 속에서 살았음을 알고 있다. 그는 고독 속에서 문화적 토양이나 돈·지위·명예 같은 외부적 성공의 가치를 중시하는 사회적 통념에서 벗어난 '아웃사이더'로 서서히 변해간 것 같았다. 그를 볼 때마다 나는 '태양 때문에 살인했다'는 알베르 카뮈의 소설 《이방인 L'Étranger》의 주인공 뫼르소가 떠오른다. 그는 살인의 정확한 이유를 자신도 모르기에 사형선고를 받아도 살인의 동기가 태양 때문이라고 하며 자신의 주장과 감정을 변명하거나 은폐하려 하지 않고 당당하게 죽음을 받아들인다. 이런 뫼르소는 관습에 따른 허식, 체면을 위한 거짓말이나 행위 등이 암묵적으로 일상화된 사회에 관심이 없는 아웃사이더로서, 이 세상에서 낯선 이방인일 뿐이다.

내 친구 K 교수도 자신의 이념과 사유의 세계에 갇혀 변명이나 타협을 받아들이지 않고, 스스로 세상에 관심 없는 아웃사이더가 되었다. 그는 한국에서도 독일에서도 정착할 수 없는 한 이방인일 뿐이다. 그만큼 그는 소외된 존재로서 젊은 시절부터 긴 세월을 고독 속에서 괴롭게 살았을 것이다. 고독은 이미 그에게 마음의 병이 되었음은 분명했다.

하지만 그는 젊은 시절부터 겪어온 괴로운 고독의 삶을 통해서 자아에 대해 새롭게 이해하고, 자아의 변용을 이룬 것 같았다. 고독 속에서 홀로 살 수밖에 없다는 것은 괴로운 것이다. 하지만 고독 속에서 홀로 살 수 있다는 것, 그것은 괴로움을 넘어서 의연하고도 우아하기까지 하다는 것을 그에게서 느꼈다. 그는 고독을 명석한 자의식으로 받아들여 내면의 평온과 품위를 유지하며 노년을 훌륭하게 살고 있었다. 비록 늙고 기운 없다 해도 지금 있는 그대로 고독을 의연하게 견디는 그가 존경스러웠다.

독일에서 K 교수를 만날 때마다 나 자신을 생각하게 된다. 나는 지금 아내와 함께 잘 살고 있고, 큰 걱정 없이 내가 하고픈 연구 생활을 계속할 수 있으니 K 교수보다 외롭지 않다고 할 수 있을까? 아니면 나의 고독은 K 교수의 그것과 같은 것일까? 아니다. 나는 나만의 행복과 만족을 위해 사회의 부조리한 관습에 쉽게 젖어들고, 남의 시선을 지나치게 의식하며, 나의 우월감을 보이려 애쓰고, 체면을 위해 위선을 마다하지 않는다. 살아가면서 나와 다른 우수한 사람들과 비교하고, 열등의식으로 상처받고, 발전하려는 욕구는 충족될 수 없기에 더욱더 고독의 감정으로 빠져든다. 그것이 바로 나다. 나의 고독은 K 교수와는 아주 다른, 철저한 사회의 '인사이더'에게서 볼 수 있는 통속적인 감정일 뿐이다.

릴케는 말했다. "두 고독한 사람이 서로 보호하고 어울리고 말한다는 것, 거기에 사랑이 있다"고. 비록 고독의 감정에 차이가 있다 해도, 우리 두 고독한 노인의 만남에는 아무런 말을 필요로 하지 않는 우정이 있다. 우정은 아무리 오랜만에 만났다 해도 옛날의 젊은 모습보다 시간의 힘에 얼굴이 주름지고 일그러진 현재의 늙은 모습에서 더 큰 애정을 느끼게 한다. K 교수는 마음의 평화와 내면의 평정을 잃지 않고 있었다. 그렇다. 고독은 그의 삶에 유일한 길동무가 된 것 같다. 그의 말처럼 젊었을 땐 고통스러웠으나 나이 들어가면서 맑은 의식으로 맞이하는 고독은 오히려 노년을 품위 있고 우아하게 만드는 것 같았다. 두 노인은 말없이 앉아서 침묵으로 말하거나 짧은 대화만 나눌 뿐이지만 짧은 시간에도 우리는 행복했다. 우정은 긴 말이 필요치 않다. 우리가 멀리서 서로 그리며 생각하는 한 우정은 고독을 불러오지만, 그것은 고독의 두려움에서 벗어난 고독이다. 열심히 손을 흔들며 작별하는 그의 모습이 자동차 백미러에서 점점 작아지더니 급기야 사라졌다. 내년의 재회를 기다리며 그가 건강하길 기원한다.

노년의 여행길에서 비로소 보이는 것들

막내 사위로부터 여름휴가를 받았다고 제주도 여행을 가자는 연락이 왔다. 코로나19로 반년 이상을 감방 아닌 감방처럼 집안에 갇힌 듯 살고 있는 두 노인의 모습이 좀 안쓰러워 보였는지, 새롭게 기분 전환을 할 겸 며칠이나마 가족여행을 떠나야겠다고 생각했을까. 여하튼 막내 사위는 왕복 항공권, 콘도, 그리고 렌터카까지 모든 준비를 끝낸 상태였다. 휴가 기간도 두 노인을 생각해서 일부러 성수기를 피해 7월 중순에 3박 4일을 택했다. 세심한 배려에 내심 고마웠다.

일기예보를 확인해보니 나흘 내내 비가 온단다. 게다가 김포공항의 많은 사람, 비행기 속의 밀폐된 공간, 연이은 외식 등 코로나19 때문에 솔직히 여행의 기쁨과 함께 약간의 두려움도 없지 않아 있었다.

출발 전날 저녁에 날씨도 좋지 않을 것 같고 해서 걱정스러운 기분으로 아내와 나는 따로 짐을 싸기로 했다. 우리는 짐 싸는 데 꽤나 익숙했다. 그러나 이번에는 아내의 제안으로 처음으로 각자 짐을 쌌다. 내심으로 좀 서운했고, 이것저것 챙겨야 하는 것이 여간 신경 쓰이는 게 아니었다. 꼭 필요한 것만 싸야지 하고 마음먹었으나, 이것이 필요하면 저것도 없어서는 안 된다 여겨져 주섬주섬 챙기다 보니 핸드 캐리어 가방이 꽉 차버렸다. 짐을 싸기 위해 앉았다 일어나는 반복되는 동작이 옛날과 달리 더 힘들고 둔해진 것을 느꼈다.

과연 이 물건들이 다 필요한 것일까? 이것들 중에서 손도 대지 않은 채 다시 제자리로 가는 것이 상당히 많다는 것을 나는 잘 안다. 그런데도 며칠간의 여행을 위해 제법 묵직하게 보이는 가방이 장롱 옆에 서 있다. 열면 곧 어리석음을 일깨워 줄 욕심덩어리를 보는 것 같았다. 다녀오면 얼마나 쓸데없는 물건들을 끌고 다녔는가를 꼼꼼히 챙겨

봐야겠다고 마음먹었다.

　가방을 싸면서 채우고 또 채우려고 안달하는 동안 쓸데없이 짊어지고 있는 삶의 짐도 얼마나 많을까 하는 생각이 문득 떠올랐다. 노인이 되면 이것저것 애써 버리려 하지 않아도 저절로 잃어가는 게 자연인데, 늙어가는 사람은 텅 비어가는 삶에 대한 아쉬움이나 공허함 때문일까, 아니면 밀려오는 고독 때문일까, 빈자리를 욕심으로 채워서 쓸데없이 많은 짐을 지고 살고 있다. 체념해서 비우고 비우니 허탈하다고 삶을 원망하는 어리석음을 더는 범하지 말고, 그 빈자리에 꼭 채워 넣을 것만을 정확히 알아 삶의 짐을 가볍게 해야 한다. 그것이 무엇일까. 그 빈자리를 말없는 웃음과 따뜻한 얼굴로, 일상의 작은 일에도 감사하고 용서하는 마음으로 채우는 노년의 느긋한 여유나 넉넉한 자유가 아닐까. 이런 생각, 저런 시름을 훌훌 털어버리고 여행을 떠나기로 결심했다.

　오전 9시 반에 제주도에 도착했다. 일기예보대로 잔뜩 찌푸린 날씨였으나 다행히 비는 오지 않았다. 렌트카를 탄 채 배에 실려 우리는 가까운 섬 우도에 도착했다. 섬을 일주한 후에 부서지는 파도가 훤히 내다보이는 식당에서 그곳의 명물인 해물탕으로 아침 겸 점심을 먹었다. '참 좋다'

라는 탄사가 절로 나왔다.

막내딸이 둘째 딸에게서 온 전화를 받았다. 연방 '알았어, 그럴게'란 말만 하다 끊었다. 내용인즉, 하루에 한 곳만 관광하고 무리하게 노인들을 이리저리 데리고 다니지 말라는 부탁이었다. 벌써 두 번째 전화라 했다. 그래서인지 몰라도 막내 사위는 내가 차에서 내리거나 탈 때는 어김없이 옆에 와 팔을 잡아준다. 그만큼 승하차하는 내 움직임이 느리고 불편해진 것에 사실 나도 놀랐다. 계단을 오르거나 경사진 길을 갈 때면 어김없이 딸아이가 옆에서 팔을 껴안아 부축해주었다. 순간 '아, 늙었나 보다. 늙어 불안해 보이는가 보다. 아직은 아닌데…'라고 생각했다. 일부러 허리를 반듯이 펴고 걸으려고 했다. 그래도 아이들의 다스한 온기를 느낄 수 있어 '참 좋았다.'

오후엔 비자림에 갔다. 고사리 숲과 아름드리나무들이 나를 반겨준다. 뉴질랜드를 관광하면서 들렀던 원시림이 연상되는, 한국에서 처음 느껴본 이국적 수림 풍경이었다. 숲 한복판쯤에 의자가 있어 나는 그곳에 앉아 쉬고 있기로 하고, 모두는 나머지 산책로를 돈 뒤 그곳에서 다시 만나기로 했다. 나는 가슴을 펴고 신선한 공기를 호흡하며 주변을 감상했다. 숲, 나무 어느 하나 가만히 있지 않고 바람에 살랑거리며 저마다 아름다움을 보여주는 듯했다.

습한 해풍이 와닿는 쪽 나무줄기엔 파란 이끼가 피어 있었다. 우연히 나는 아름드리나무의 4~5미터쯤 되는 높은 곳에 이끼 속에서 갓난아기 주먹만 한 흰 꽃 몇 송이가 피어 있는 것을 보았다. 참으로 신기하고 아름다웠다. 이끼 낀 고목의 줄기를 토양으로 삼아 핀 작은 흰 꽃은 아름답게 늙어가는 노년의 멋이 무엇인지 말해주고 있는 듯했다. 천천히 다가가 사진으로 담았다.

숲속에서 만난 사람들 모두가 표정이 명랑하고 발걸음이 가볍다. 도시의 콘크리트 빌딩 숲에서 벗어나 숲과 나무들을 감상하며, 마주치는 사람들과 덕담을 나누고, 맑은 공기 밝은 햇빛을 만끽하니, 숲은 최고의 힐링 공간이며 나아가 자연과 소통하며 생각의 폭을 넓힐 수 있는 배움의 장소다. 나는 숲속 나무들의 속삭임에 귀를 기울이며 그들처럼 더불어 사는 삶의 지혜를 배운다. 이렇게 맑고 아름다운 자연에 침잠할 수 있었던 시간이 '참 좋았다'.

제주도의 소문난 맛집에서 전복 요리, 생선회, 흑돼지 삼겹살 등 식도락을 즐겼다. 제주도를 일주하는 해안 관광도로를 따라 펼쳐지는 바다 풍경은 절미했다. 비가 오고, 바람 불고, 먹구름이 하늘을 덮고, 물안개가 지평선을 삼켜버렸어도 모두 나름대로 신비스럽고 아름다웠다. 덩달아 이 세상의 모든 것도 아름답게 보이고, 지나가는 낯선 사람들과 정답게 인사 나누며, 가족과 함께 여행하는 기쁨과 행복을 느낄 수 있어 '참 좋았다.'

그러나 자연은 늘 아름다운 것만은 아니었다. 서귀포에서 제주시 근처에 있는 숙소로 가기 위해선 한라산을 끼고 난 지방도로를 지나야 했다. 어둠 속에 뭉게구름 같은 짙은 안개가 무섭게 깔려 있어 가시거리는 4~5미터밖에 되지 않았다. 모두가 긴장한 가운데 막내 사위는 목을 앞으로 쭉 빼고 전조등과 경고등을 모두 켠 채 조심스럽게 운전했다. 옆에서 보기도 안쓰러웠으나 미더웠다. 그리고 생각했다. '그래, 사노라면 지금 같은 혼미한 인생길이 있게 마련이지. 하지만 모든 것에는 시작과 끝이 있는 법, 지금처럼 긴장하고 노력하면 곧 평탄한 길에 이를 거야.'

이번 제주도 여행은 '참 좋았다.' 마음을 비우고, 시간에 쪼들리지 않고 부서지는 파도 소리, 바람 소리, 하늘의 구름이 비 되어 우산을 때리는 소리, 많은 자연의 아름다운 소리들을 들을 수 있어 '좋았다.' 해서 세상이 아름답게 보이고, 사랑하고, 감사하고 축복해주고 싶은 마음을 느낄 수 있어 '더 좋았다.' 집에 와 가방을 풀면서 손도 대지 않

은 것이 거의 반이나 되는 물건들을 제자리에 다시 놓아
두며 빙긋이 미소를 지었다. 이젠 빈 가방 안에 가득 들어
있는 사랑을 느낄 수 있어서 '더욱 좋았다.' 노년은 빈 마
음을 사랑으로 채울 수 있는 진정한 자신의 모습을 보여
줄 수 있을 때 멋있고 아름다워진다는 것을 새삼 깨닫게
되어 '제일 좋았다.'

제2장

죽음을 생각하며
조금 더
살고 싶은 이유

"산 자는 죽은 자의 눈을 감겨주지만,
죽음은 산 자의 감겨진 눈을 뜨게 한다."

죽음을 기억하면 삶이 풍요로워진다

6·25전쟁 중이던 고등학교 1학년 때 겪었던 충격적인 경험 하나가 70년 가까이 지난 오늘날에도 생생하게 남아 있다. 그땐 휴전협정을 앞두고 전투가 극도로 치열했다. 학생들은 오전에 대전시청 앞에서 거행되는 출정 장병 환송식에 자주 동원되었다. 태극기가 그려진 흰 머리띠를 머리에 질끈 맨 청년들은 높은 분들의 환송사를 들었고, 동원된 참석자들과 함께 만세 삼창을 크게 외치고, 군악대의 활발한 행진곡을 따라 역까지 가서 열차를 타고 떠났다. 우리는 그들을 향해 손을 높이 들어 흔들면서 만세를 연

창하며 환송해주었다. 오후에는 흰 마스크를 하고 흰 장갑을 낀 채 같은 역에 정차해 있는 열차에서 태극기에 덮인 이름 모를 어느 전몰 용사의 흰색 유골 상자를 안고 구슬픈 장송곡에 따라 가까운 절까지 운반했다.

아직 어린 나이였지만, 그때처럼 삶과 죽음을 절실하게 느껴본 적이 없었다. 나보다 기껏해야 10여 년 안팎으로 더 나이 든, 바로 오전에 전송한 그런 젊은 형들일 텐데, 그리고 앞으로 살날이 훨씬 더 많을 텐데, 생각하니 이들의 죽음이 나를 슬프게 했고, 인생이 허무하고 죽음이 무섭다는 감상에 젖어들게 했다. 팔순을 훌쩍 넘겨 지금껏 살아오면서 수많은 죽음을 보아왔지만, 그때 뇌리에 새겨진 죽음과 허무에 대한 생각은 언제나 풀리지 않은 수수께끼로 남아 삶의 의미를 생각하는 계기가 되었다.

인간의 생명은 죽음과 함께 태어나고, 죽음으로 끝난다. 그러니 삶의 모든 순간은 죽음으로 향해가는 한걸음이다. 삶과 죽음, 이 둘은 시작과 끝이다. 삶이 없는 죽음이 없듯이 죽음이 없는 삶이란 없다는 뜻에서, 삶은 죽음이고 죽음은 삶이다. 이렇게 죽음은 엄연한 사실인데도 오직 추상적 영역에만 속한다. 해서 우리가 세상에서 경험을 하고도 인지하지 못하는 것이 있다면 오직 '죽음' 한 가지일 것이다. 내가 살아 있는 한 죽음은 존재하지 않고, 죽음과 함께 내 존재는 사라지기 때문이다. 죽은 자는 말이 없다. 다만 우리는 일상에서 다른 사람의 죽음을 보면서 죽음을 간접적으로만 경험할 수밖에 없다. 그래서 죽음은 엄연히 존재하지만 결코 인지할 수 없는 '존재적 부재'인 것이다.

독일의 유명한 실존주의 철학자 마르틴 하이데거는 한 가지 좋은 예를 들어 설명한다. 식탁 위에 유리컵 하나가 있다. 그 유리컵 속이 유리로 꽉 차 있다면 그것은 컵 모양의 유리 덩어리일 뿐, 결코 컵이라고 부를 수도, 컵으로 사용할 수 없을 것이다. 속이 비어 있어야 비로소 컵으로 사용할 수 있다. 유리컵 속의 '빈 것'이, 다시 말하면 '존재적 부재'가 유리컵의 본질과 기능을 결정한다는 것이다. 삶 속의 죽음이 그것이다. 엄연히 존재하나 내 삶 동안에는 존재하지 않는 죽음은 내 삶의 본질과 의미를 결정한다. 이것이 하이데커가 '존재적 부재'라고 실존적 의미로 규정한 죽음의 의미다.

죽음을 피할 수 없다는 사실이 간혹 인간을 허무감에 빠지게 하지만, 인간에게 삶이 필연적인 의무이듯이 죽음 역시 반드시 겪어야 할 의무이지 낯선 힘의 전횡이 아니다. 그렇기 때문에 죽음의 질을 결정하는 것은 바로 나 자신의 삶이다. 그리고 죽음은 내 삶의 마지막 결실을 말해 준다. 그 결실이란 한 사람이 세상을 살다 갔다는 자기만의 고유한 삶의 흔적이다. 아무리 죽음이 모든 것을 파멸시킨다 해도, 이 삶의 흔적만큼은 남게 마련이다. 우리는 후에 남길 삶의 흔적이 무엇일지 신중하게 생각해야 한다. 그러기 위해서 우리는 죽음이 삶을 위해 전하는 의미를 생각해야 한다.

우선 죽음은 우리에게 삶에 대한 사랑을 가르친다. 인간은 죽을 수밖에 없는 존재이기 때문에 나이 들어가면서 죽음과 친숙해지고, 죽음을 현실적으로 받아들일 수 있도록 노력해야 한다. 그래야 지금 이 현재를 매우 소중하고 감사히 느끼게 될 것이며, 매 순간을 충실하게 살려고 할 것이다. 프랑스의 철학자 미셸 드 몽테뉴는 "철학한다는 것은 곧 죽는 것을 배우는 것"이라고 말했다. 어느 시대를 막론하고 현자들이 말하는 죽음의 공통된 의미는, 죽음은 자연의 법칙이므로 필연적인 죽음을 슬퍼할 필요가 없고 오히려 삶에 훌륭한 결실을 맺게 하는 최고의 선善이기에, 인간은 죽음과 친숙해야 한다는 것이다. 진실로 삶을 사랑하는 자는 죽음도 사랑할 수 있다! 삶에 대한 사랑을 가르치는 것, 이것이 죽음의 기본적인 가르침이다.

죽음은 우리에게 윤리 의식을 일깨워준다. 죽은 자는 말이 없다고 하지만, 실은 산 자가 듣지 못할 뿐이다. 산 자는 죽은 자의 눈을 감겨주지만, 죽음은 산 자의 감은 눈을 뜨게 한다. 사람은 웰 다잉well-dying의 진정한 의미를 발견할 때 보다 깊고 완전한 삶을 파악하게 되고, 한순간의 삶도 허무하게 생각하지 않고, 자기 자신이 하는 모든 일에 소중함을 느낀다. 결국 죽음은 죽음 자체의 신비한 특성 외에 삶의 의미를 찾게 해주는 윤리적 특성을 지닌다는 뜻이다.

코로나19 바이러스가 세계에 번지며 죽음의 공포가 세계인을 위협하고 있는 지금, 죽음에 대한 불안과 삶에 대한 애착은 어느 때보다 더 강하게 나타난다. 만일 현대의학의 발전이 없었더라면, 이 역병은 현대판 페스트나 다름없다. 고래로 병과 죽음에 대한 관심은 다만 삶을 위한 표현의 한 방법일 뿐이다. 중세 시대에 유럽 인구의 3분의 1인 2500만 명을 죽음으로 몰아넣었던 페스트의 팬데믹 공포와 대재앙 속에서 사람들은 삶과 죽음에 대한 깊은 성찰을 통해서 '죽음을 기억하라Memento mori'는 영원한 표제어를 창출했다. 죽음을 늘 가슴에 품고 살아가면서 삶의 의지로 죽음의 공포를 극복하자는 것이다. 따라서 '메멘토 모리'는 바로 '메멘토 비타Memento vita(삶을 생각하라)'에 근원하고 있는 것이다.

르네상스 시대에 시인 요하네스 폰 테플의 작품 《보헤미아의 농부Ackermann aus Böhmen》에서 인간은 최초로 죽음의 전횡을 신에게 고발하고, 신은 판결한다.

"원고에게는 명예를, 그리고 죽음에게는 승리를 주노라!"

인간은 죽음과 싸워서 승리할 수 없다. 승리는 죽음의 것이다. 하지만 판결문 속에 인간은 죽음 앞에서 의미 있게 사는 것으로 명예를 지켜야 한다는 윤리적 의무가 내포되어 있다. 죽음은 삶과 똑같이 인간에게 주어진 자연의 섭리이기 때문에 죽음은 인간의 삶을 통해서 비로소 의미를 얻게 되고, 인간은 죽음을 통해서 삶의 의미를 새롭게 발견하게 된다. 니체에 따르면 죽음은 '삶의 자극Stimulans des Lebens'이자 '강장제Tonilkum'로 작용한다. 죽음이 인간의 삶을 성숙하게 만든다면, 인간의 삶은 죽음을 아름답게 만들어야 한다. 독일의 철학자 프리드리히 슐레겔은 "나의 유일한 삶은 죽음을 아름답게 만드는 것"이라고 말했다. 죽음은 인간에게 삶의 의미를 깊게 파악하게 하고, 윤리

의식과 도덕적 행위를 통해 삶을 아름답게 하는 '최고의 교육기관'이라 할 수 있다.

죽음은 인간의 사랑을 심화시키는 변용의 힘을 가지고 있다. 내가 잘 알고 지내는 지인은 가정적으로나 경제적으로 성공한 사업가이다. 그러나 그의 둘째 딸이 젊은 나이에 암으로 죽었다. 훗날 그의 집에 초대받았을 때 그는 딸의 죽음에 대해 이렇게 말했다.

"치료를 위한 뒷바라지는 경제적으로 아무런 문제가 없는데, 한 병원에 오래 입원해 있지 못하고 이 병원에서 저 병원으로 옮겨야 하는 것이 마음 아팠습니다. 그런데 딸애가 꿈도 많고, 삶에 대한 애착도 대단해서 고통을 잘 이겨내고 있는 것이 더 마음을 아프게 했지만, 언제부터인가 조용히 죽음을 맞이하는 듯, 평안해진 모습이 견딜 수 없을 정도로 마음을 찢어놓는 것 같았습니다."

부모가 자식 앞에서 죽는 것은 자연적이다. 그러나 자식이 부모 앞에서 죽는 것은 비자연적이다. 늦가을 미풍에 너울거리며 떨어지는 낙엽은 아름다우나, 한여름 물오른 푸른 가지를 찢는 것은 아픔이다. 부모의 마음이 그러하다. 그의 딸 방은 잠깐 외출했다가 곧 돌아올 것처럼, 평소 살던 그대로였다.

사람은 두 번 죽는다. "사랑하는 사람의 추억 속에서 사는 자는 죽지 않고 다만 멀리 있을 뿐이다. 오직 잊힌 자만이 죽을 뿐이다." 이마누엘 칸트의 말이다. 죽은 자는 산 사람의 기억 속에서 완전히 사라졌을 때 비로소 죽은 것이다. 부모는 죽은 자식을 가슴에 묻고 산다. 그러면서 살아 있을 때보다 더 많이 생각하고 말을 나눈다. 이처럼 "우리는 죽음을 가슴에 품고 또 죽음에 안기면서, 우리가 사랑하는 사람과 살아왔듯이 그렇게 그 사랑 속에서 그 사랑이 베푸는, 아니 바로 그 죽음이 베푸는 안식과 평화와 위로를 누리며 살아갈 수 있어야 한다." 죽음은 인간의 사랑을 심화시키는 변용의 힘을 가지고 있다.

죽음이 두렵고 신비하고 불가사의한 것처럼 삶도 그러하다. 그러니 삶을 두려워하는 자는 죽음을 두려워하지만, 삶을 사랑하는 자는 죽음을 사랑할 것이다. 레싱은 이렇게 말한다. "사람은 죽음이 두렵기 때문이 아니라, 삶을 사랑하기 때문에 삶을 불평할 수 있고, 죽음을 슬퍼할 권리가 있다." 그런 사람은 죽음의 의미를 통해서 삶의 시련과 고통을 극복할 용기와 지혜를 얻을 뿐만 아니라, 삶의 의미를 스스로 찾을 수 있다. '왜' 살아야 하는지 아는 사람은 그 '어떤 상황'도 견딜 수 있다. 그런 사람에게 죽음은 윤리 의식을 일깨워 보다 높은 삶을 살게 해준다.

사람은 삶과 죽음의 의미를 생각할 때 가장 진지해진다. 하지만 쉽게 결론을 얻지 못한 채 자신에게 묻게 된다. 나는 무엇을 위해 사는 것일까? 지금껏 살아온 길은 올바랐는가? 과연 나는 지금 가장 나답게 살고 있는 것인가? 매일처럼 닥쳐오는 시련과 고통은 무슨 이유일까? 학자나 지식인은 이 해답을 찾기 위해 노력해왔다. 그 공통된 해답은 인간의 삶은 무엇보다도 '생물학적 삶'이 아니라 '인간적 삶'이어야 한다는 것이다. '인간적' 삶이 지향하는 목적은 윤리적으로 정화되는 인간의 계속적인 변용이며, 지고한 인격의 형성과 전개라 할 수 있다. 죽음은 그런 움직임의 마지막 변화일 뿐이다. 인간의 지고한 윤리적 변용은 죽음의 순간에 비로소 완성된다.

85세를 살아온 지금 나는 여전히 죽음이 두렵다. 아니 죽음에 이르는 길이 더 무섭다. 그러니 내 삶이 죽음을 맞이하기에 여전히 성숙하지 못하다는 것이다. '삶의 성숙은 곧 죽음의 성숙을 의미한다'는 깊은 뜻을 나는 아직도 깨닫지 못하고 있는 것이 아닌가! 젊었을 때는 인생의 꿈을 위해 노력해야 했지만, 이제 노년에는 품위 있는 죽음을 생각해야 할 때다.

할아버지도 엄마가 있단다

아이들과 함께 토요일에 강화도로 소풍을 나갔다. 코로나 19로 방에 콕 박혀 있는, 이른바 방콕 생활에 지쳐 있던 때여서 어린아이처럼 즐거웠다. 옛날과 달리 육지와 섬 사이에 다리가 놓여서 많이 편리해졌다. 날씨가 제법 쌀쌀했음에도 우리가 도착한 해수욕장엔 많은 사람이 있었다. 쌍쌍이 온 정다운 청춘의 모습도 많아서 내 눈을 즐겁게 했다. 썰물 때여서 공활한 갯벌이 꺼멓게 펼쳐진 와중에 저 너머에서 파도가 출렁이는 흰 거품이 보였다.

모래사장을 손녀의 손을 잡고 거닐 때 한 무리의 갈매

기가 우리 주위를 맴돌다가 번갈아가며 이마에 닿을 듯 가까이 다가와 날개를 펄떡이다 날아가곤 했다. 옛날에 배를 타고 오갈 때도 그랬듯이 이곳 갈매기들은 사람들이 던져주는 먹이를 받아먹는 데 익숙한 모양이다. 과자를 미처 준비하지 못해서 새들의 공중묘기를 즐길 수 없는 것이 아쉬웠다.

우리는 그곳의 명소인, 우리나라 최초의 방직공장을 개조한 '조양방직 카페'에서 커피 타임을 갖기로 했다. 너무 크고 넓어서 좀 놀랐지만, 100년 전의 가구와 각종 기재가 진열되어 있어 퍽 인상적이었다. 나에게는 진열품이 하나같이 낯익고 정겨워서 실제로 사용했던 기억이 새록새록 떠올랐지만, 손녀는 이것저것 신기해하며 호기심에서 질문들을 쏟아내며 연방 종알거렸다.

전시물을 구경하며 지나가다 낡은 발재봉틀 앞에 문득 걸음을 멈추었다. 평소에 까맣게 잊고 있었던, 그러나 머릿속 어느 깊은 곳에 살포시 자리하고 있던 기억이 봇물이 터진 듯 꼬리에 꼬리를 물고 솟아올랐다. 나는 앞에 놓인 안락의자에 앉아서 살며시 눈을 감고 아득한 기억의 소용돌이 속으로 빠져들었다.

'싱거Singer' 미제 발재봉틀 앞에 단정하게 옥색 치마저고리를 입고 앉아 드르륵드르륵 기계소리를 내며 바느질하고 있는 어머니를 보았다. 그때만 해도 미제 발재봉틀은 귀한 물건이었다. 발재봉틀은 검은색 자개장롱 맞은편에 놓여 있었고, 어머니는 약혼한 누님의 혼수를 장만하느라 시간 있을 때마다 무엇인가를 부지런히 만들었다. 소문난 바느질 솜씨였다. 설이 다가오면 어머니는 아버지와 우리 형제들의 두루마기와 한복을 준비하느라 매우 바빴다. 발재봉틀 돌아가는 소리, 홍두깨 두드리는 소리, 다듬이질 소리가 안방에 낭랑하게 울려 퍼졌다. 그럴 때면 나는 즐겨 어머니 옆에서 홍두깨를 돌리거나 다듬이질을 대신하기도 했다.

6·25전쟁이 터져 급히 피난길에 오르기 전에 아버지가 값진 물건들을 광 지하실 밑에 깊숙이 묻어둘 때, 어머니는 제일 먼저 발재봉틀을 챙겼다. 돌아와 보니 폭격으로 폐허가 된 넓은 집터에는 깨진 기왓장, 벽돌 조각, 타다 남은 가구, 잿더미, 흙더미로 뒤덮여 있었다. 식구들은 광 자리를 찾아 피난 전에 귀중품을 숨겨두었던 곳을 파보았다. 다행히 모든 것이 온전했다. 땀과 재, 먼지로 범벅이 된 아버지 어머니에게서 안도의 긴 한숨이 흘러나오는 소리를

들었을 때, 재봉틀을 어루만지며 미소 짓는 어머니의 얼굴을 보았다.

　아버지는 돈이 될 만한 것은 팔아서 생활해가며 넓은 집터를 정리하고, 한구석에 일자형 집을 짓고, 새로 사업을 시작하려고 동분서주했다. 공장도, 회사도 모두 잿더미가 된 절망적 상태에서 사업의 재기란 참으로 어려웠던 것 같았다. 거듭된 사업 실패로 몇 년 사이에 우리 가족은 빚더미 위에 올라앉게 되었다. 고난의 긴 터널 속에서 앞이 보이지 않는 것 같았다. '점심點心'이란 마음에 점만 찍자는 뜻이라고, 변변찮은 점심식사에 안타까운 마음을 달래며 어머니는 우리에게 자주 말하곤 했다. 아무리 어려워도 자식들 앞에서 눈물을 보이지 않는 생활력이 강한 분이었다. 시장에서 맞춤 한복이나 남방 같은 일거리를 주문 받거나 세탁소에서 옷 수선 일을 맡아 해주고 품삯을 받았다. 가족 사랑의 징표였던 어머니의 발재봉틀은 생계 수단이 되었다.

　우리는 더 이상 버티지 못하고, 땅과 집을 팔아서 서울로 이사했다. 발재봉틀은 팔 수 없었다. 어머니는 마포시장에 옷 수선 집을 차렸다. '맞춤 한복·옷 수선 전문'이라 쓴 입식 간판은 내가 만들어 세워놓았다. 어머니는 옷가게

—
104

와 세탁소를 다니며 거래처를 트고 일거리를 얻으려고 바삐 돌아다녔다. 옷감을 재단하고 발재봉틀로 박고, 찢어진 것을 꿰매고, 딴 천을 대고 봉합했다. 우리는 그렇게 근근이 살아갈 수 있었다.

그러던 어느 날 어머니가 사색이 되어 평소보다 일찍 집에 왔다. 하염없이 눈물을 닦으며 우락부락하게 생긴 젊은이 셋이 와서 아버지 빚으로 발재봉틀을 뺏어갔다고 말하셨다. 어찌할 도리도, 하소연할 데도 없었다. 살아갈 일이 막막했다. 어머니는 여러 날을 바깥 출입도 하지 않고 시름에 젖어 한숨과 눈물로 지내셨다. 일주일이 되던 날 저녁 준비를 한다고 문 열고 나가다 툇마루에서 쓰러지셨다. 결국 심장마비로 돌아가셨다.

초등학교 4학년짜리 손녀가 내 어깨를 흔드는 바람에 눈을 떴다. 내 앞에 여전히 낡은 발재봉틀이 있었다. 꼬마 손녀가 물었다.

"할아버지, 무슨 생각을 그렇게 하고 계셨어요?"

"응, 생각한 게 아니라 소리를 듣고 있었어. 저 발재봉틀이 돌아가는 소리를. 아주 오래전에 할아버지 엄마는 재봉틀을 무척 사랑하셨단다. 그것으로 자식들에게 꼬까옷도

만들어주시고, 다른 사람들에게도 좋은 일을 많이 해주셨
단다."

"근데 울 엄마는 재봉틀 할 줄 모르는가 봐요. 옷도 안
만들어줘요. 할아버지는 행복했겠다. 엄마가 만든 꼬까옷
도 입어봤으니…."

"하지만 엄마가 더 예쁜 옷을 사주지 않니. 시대가 많이
바뀌었단다. 요즘 재봉일 하는 엄마는 드물 거야. 그렇다
고 너희들을 덜 사랑하는 것은 아니지, 그렇지?"

꼬마 손녀는 미소를 머금고 고개를 끄덕였다. 나는 그
녀석을 꼭 껴안으며 사랑하는 가족이 있어 행복하다는 것
을 새삼 느꼈다. 그러나 마음 한편으로 어머니의 죽음이
가슴이 저리게 아파왔다. 당신의 자식들이 평범하지만 서
로 사랑하는 가정을 꾸미고 사는 모습을 보았다면 얼마나
행복해하셨을까. 따뜻한 밥 한 끼, 고운 옷 한 벌 해드리지
못한 아픔을, 자식들과 행복을 함께하지 못했던 어머니의
불행을 그렇게 까맣게 잊고 살아왔다니…. 어머니 품에 폭
안겨서 꼭 안아주며 "죄송합니다!" 속삭이면서 용서를 빌
고 싶었다. 마음속에서 계속해서 재봉틀 돌아가는 소리가
들려온다. 그 소리는 역사의 수레바퀴 굴러가는 소리와 뒤
섞여 치열하게 살아온 삶의 발자국 소리가 되어 내 귀에

울려온다.

　탱크 굴러가는 소리, 성난 민중의 고함 소리, 기계 돌아
가는 소리, 찢어진 상처 꿰매는 소리, 갈라진 내 편 네 편
잇는 소리, 일굼의 고통 소리….

　어머니는 5월 16일에, 석가탄신일에 즈음하여 돌아가
셨다.

한밤중 산을 보며 내면의 소리에
귀를 기울이다

벌써 장모님이 돌아가신 지 21년이 지났다. 세월의 무상함을 새삼 느끼면서 장모님 모습을 생각한다. 장모님은 아내가 외동딸이어서인지, 손녀들이 할머니를 좋아해서인지 주로 우리집에서 지냈다. 과묵한 편이었으나 늘 인자하게 말씀 하셨고, 정결하고 몸가짐이 흐트러진 적이 없었다. 6·25 전쟁이 터지자 장남은 실종되어 생사를 모르고, 차남마저 내가 귀국하자마자 병사했다. 그 큰 충격과 슬픔에도 늘 의연하게 견디면서 조용히 지내시는 모습이 존경스러웠다. 장모님은 큰 손자 대학 시험 잘 보라고 절에 기도하러 가다가 오토바이에 치어 발목에 철심을 넣는 큰 수술을 받았다. 그 후유증 때문인지 자주 통증에 시달리는 듯했고, 나이 들어가면서 불면증을 호소하기도 했다.

어느 날 밤에 잠에서 깨어났을 때 이상한 느낌에 끌려 거실로 나갔다. 장모님이 어둠 속에서 거실 창가에 서서 마주 보이는 구룡산을 바라보고 있었다. 두 손을 합장하고 있는 모습이 마치 기도하고 있는 듯이 보였다. 살며시 다가가 왜 주무시지 않고 그렇게 서 계시냐고 물었다. 장모님은 좀 놀란 듯했으나 이내 미소 띤 얼굴로 대답했다.

"그저 잠이 안 와서…. 곧 잘 거야. 자네도 어서 자게."

옆에 있는 의자를 옮겨서 앉게 한 후 어둠 속에서 뭘 보고 무슨 생각을 하는지 물었다.

"보긴 뭘 봐, 어두우면 어두운 대로, 밝으면 밝은 대로 뵈는 것을 보고 있지. 헌데 낮보다 밤에 더 아늑하게 보여…"

봄, 여름, 가을, 겨울, 계절이 바뀌어도 장모님은 종종 잠 못 이루는 밤에는 늘 같은 모습으로 창가에 서 계셨다. 어느 날 한밤중에 창가에 서 있는 장모님에게 다가갔을 때, 나를 미소로 맞이하면서 말하셨다.

"사위, 저 산이 참 아름답지!"

"아니, 어두운데 뭐가 보이세요?"

"평생 본 것들인데 뭘! 요즘 날씨도 좋고 하니 언제 한 번 가까이서 보게 바람 쐬러 가지 않겠나?"

"네, 그럼요!"

그 모습에서 고독과 우수를 느꼈다. 이것이 한밤에 거실 창가에서 나눈 마지막 대화였다. 장모님은 열흘쯤 편찮으시다가 92세의 삶을 마감하셨다. 그 약속을 지키지 못한 것이 못내 죄송스러웠다.

나는 구룡산이 보이는 이 아파트에 36년째 살고 있다. 처음 이사 올 때 논밭 사이를 가로질러 난 신작로는 구룡산 앞에서 끝나서 마치 시골 산장에 들어서는 기분이었다. 전망이 참 좋았다. 주말마다 혼자서, 때로는 아내와 아이들과 함께 등산했다. 산 초입에서 중턱에 있는 약수터로 가는 길은 경사가 완만한 데다 통나무로 층계를 만들어 수월하게 올라갈 수 있었다. 그러나 그곳에서 산 정상까지 비탈길은 좀 험하고 가파른 편이어서 올라가느라 땀을 흘리고, 내려올 땐, 특히 겨울에 얼어붙은 비탈길에선 조심해야 했다. 약수터에는 늘 물통이 줄지어 있었다. 나도 물통에 약수를 받아 한구석에 놓아두고, 그곳에 설치된 운동기구를 이용해 가볍게 몸을 풀곤 했다. 그러고 난 후에 플라스틱 쪽박으로 약수 두어 모금 마셔서 땀을 식히고 갈증을 풀면 가파른 비탈길 오를 준비가 끝난다.

약수터엔 산으로 오르려는 사람들과 산에서 내려오는 사람들이 모이니 한적한 분위기와는 거리가 멀다. 사람들은 자연스레 구면이 되고, 비록 통성명은 하지 않았더라도 친구 대하듯 스스럼없이 인사와 대화를 나눈다. 산을 찾는 사람들에게 베푸는 산의 친화력 때문이리라.

산은 거짓이 없다. 땀 흘려 오르면 반드시 보상한다. 힘겹게 산정에 오르면 기분이 한없이 맑고 상쾌해진다. 계절 따라 곱게 단장한 산 풍경과 주변의 전망이 한눈에 들어올 때면, 평지에선 볼 수 없는 신선하고 광활한 새로운 세계가 펼쳐진다. 이렇듯 산은 용기와 인내를 가지고 땀 흘려 오르는 사람에게 그 참모습을 드러낸다. 평지에서 안일만을 추구하며, 산이 높다고 힘들여 오르기를 거부한 사람은 산의 참모습을, 산이 인간의 의식에 작용하는 숭고하고 아름다운 의미를 알지 못한다.

그렇게 긴 세월이 흘러갔다. 나이 들어감에 따라 오래전부터 산에 오르지 못한다. 그사이에 주변에 아파트가 들어서서 이젠 거실 창을 통해 보이던 구룡산의 아름다운 전경은 분당으로 가는 대로의 양쪽에 서 있는 아파트 사이를 통해서 보이는 푸른 산등성이 한 조각으로 바뀌었다. 그래도 산 정상과 능선을 타고 내려오는 푸름을 볼 수 있고, 그 푸름이 한 폭의 그림처럼 철따라 아름답게 변하는 것을 볼 수 있다는 게 여간 다행스러운 것이 아니다.

요즘 불면증으로 시달리는 밤이 많아졌다. 옛적 장모님처럼 언제부터인가 나는 거실 창가에 서서 어둠 속에 묻힌 산을 찾고, 유리창 밖 어둠 속에 유령처럼 나타난 내 초상을 응시하곤 한다. 그럴 때면 창밖 어둠 속의 산 전경은 나에게 더 이상 감상의 대상이 아니라 사색의 공간이 된다. "자연이 참 아름답다"고 말한 그때의 장모님을 떠올리며 그 뜻이 무엇인지를 생각한다. 그리고 그때의 슬픈 눈 표정, 깊은 주름에서 풍기는 우수에 찬 얼굴, 자식 잃은 아픔과 슬픔을 침묵 속에 삼켜버린 기도를 이제야 알 것 같다.

삶과 죽음을 함께 품고 있는 어머니 대지는 결국 인간이 돌아가야 할 고향이기에, 자연의 아름다움을 눈으로 본 자는 이미 죽음에 맡겨져 있다는 걸 예감이나 한 것일까. 장모님은 그렇게 돌아가셨다. 장모님은 창가에 멍하니 서 있던 것이 아니라 자연을 내면에서 바라보고 자연이 속삭이는 소리에 귀 기울였을 것이다. 그리고 현세가 아니라 내세에서 사랑하는 사람들을 만나리라는 생각에서 자신을 품어줄 자연이 아름다웠을 것이다. 그랬기에 슬픈 눈은 죽음에 대한 동경이었고, 얼굴에 배인 우수는 고향에 대한 향수였으며, 침묵 속의 기도는 영혼의 상처를 누그러뜨리는 내면의 소리였을 것이다.

예전엔 밝은 낮에 땀 흘리며 오른 산정에서 우리가 사는 세상을 내려다보았지만, 이젠 장모님처럼 한밤의 어두운 거실 창 앞에 가만히 서서 산을 바라보며 나를 생각한다. 밤의 구룡산 풍경은 마치 대낮에 밖에서 바라본 성당의 검은 유리창처럼 칠흑 같은 어둠 속에 묻혀 있으나, 나의 내면에서는 성당 안에서 바라본 다양하고 화려한 모자이크 유리창처럼 다채로운 사색의 공간이 되어 나에게 다가온다.

산이 보내는 사색의 공간에서 자연의 소리에 귀 기울이고 있노라면, 그 소리는 새로운 나를 의식하게 하는 내면의 소리로 바뀐다. 그곳은 나에겐 내면의 세계로 침잠하는 침묵 속에서 자기 영혼의 소리를 듣는 '경청의 자리', 그래서 새로운 나와 '만나는 자리'이다. 사람은 말하는 것을 배우는 데 2년이 걸린다고 하지만, 나는 침묵 속에서 내면의 소리를 경청하는 데 20여 년이 걸렸다.

아예 거실 창문 앞에 간이 안락의자를 놓아두었다. 잠이 오지 않을 때면 그곳에 앉아 책을 읽거나, 아니면 불을 끄고 그윽한 어둠 속의 산을 바라보며 내면의 소리에 귀를 기울인다. 이따금 그 소리는 질문으로 되돌아온다. 시인 천상병이 〈귀천〉에서 인생이 "아름다운 소풍"이었노라 호언했듯이, 나 또한 내 삶이 다하는 어느 날 참되고 값지게 살았노라고 말할 수 있느냐고 묻는다. 나는 떳떳한 답을 찾지 못하고, 침묵의 고요 속에서 고독과 우수 같은 것이 스치고 지나가면 시간의 무게만 느낀다. 어둠 속의 검은 산 풍경은 영혼의 안식처에 대한 향수 같은 신비한 정취를 풍긴다.

이젠 '경청의 자리'에서 아름다운 죽음을 생각한다. 어차피 인생이 안식을 찾아 고향으로 가는 여정이라면, 나는 이 세상을 떠나는 것이 아니라 고향으로 돌아가는 것이다. 니체의 시 〈고독Vereinsamt〉에서 자연의 아름다운 품속에서 고향을 찾는 자의 행복을 노래한 한 구절이 떠오른다.

까마귀들 까옥까옥 울며
날갯소리도 소란스럽게 도시로 날아간다.

곧 눈이 내릴 것이다. —

지금까지도 — 고향이 있는 사람은 얼마나 행복하랴!

나는 지금 어디쯤 가고 있을까? 고향을 찾아 행복의 길
을 올바르게 가고 있는 것일까?

"드디어 오늘 막걸리 한 잔 했습니다"

벌써 햇수로는 2년이 되어간다. 내 바로 밑 아우가 위암에 걸렸다는 소식에 왈칵 울음이 치솟아 오르면서 분노 같은 것이 떠올랐던 때가 말이다. "왜 하필 그가…! 그렇게 제일 많은 고난을 성실하게 이겨낸 그가 누구보다도 행복해야 할 터인데…."

아마도 1994년인 것 같다. 4형제가 독일에서 박사 학위를 받고 교수되었다고 KBS TV 아침 방송에 나왔을 때다. 그때 맏형님이 그를 가리켜 "쟤는 벌써 깡패가 됐어야 할 친군데, 저렇게 독일에서 학위를 끝내고 교수로 활동하고 있으니 형제들 중에 누구보다도 제일 감사하게 생각한다"
고 한 말이 기억난다.

우리 형제들은 그 말의 뜻을 백분 이해한다. 우리는 그
가 살아온 역경과 그로 인한 후천적 성격을 잘 알고 있기
때문이다. 1·4후퇴 때 피난길에서 막내는 등에 업혀 갔고,
나는 짐을 지고 갈 수 있었으나, 그는 이것도 저것도 아
닌 또 하나의 다른 짐이었다. 계룡산 고개를 넘을 때 눈보
라 속에서 발에 동상이 난 그를 나무로 만든 엉성한 썰매
에 태워 끌고 간 기억이 잊히지 않는다. 이렇게 아우는 가
난의 질곡 속에서 피해를 제일 많이 입고 살아갔다. 정상
적으로 학교를 다니고 수업을 받을 수 없었지만, 단칸방
한구석에서 잠 쫓는 약을 먹어가며 지독하게 공부해 끝내
대학에 입학했다. 그렇게 살아가면서 그는 비판적이고 진
취적인 정의파가 되었고, 오늘날 우리 형제들 가운데 가
장 진보적이다. 그런가 하면 그는 곧잘 과거를 회상하는
낭만에 빠지곤 한다. 그만큼 한맺힌 역경이 많았기 때문
이리라.

드디어 수술 날이 왔다. 암병동 수술실 앞 대기실에서
많은 환자의 가족들은 수술 진행을 알리는 전광판을 침
묵 속에서 초조하게 바라고 있었다. 두세 시간 만에 끝나

는 환자도 있었으나, 무려 열한 시간이 지났는데도 여전히 '수술 중'이라는 글자가 바뀌지 않는 환자도 있었다. 방송으로 그 가족들은 상담실로 오라고 호출됐다. 사색이 된 얼굴을 하고 가족으로 보이는 두 사람이 그 방으로 들어갔다. 마치 삶과 죽음을 판정하는 재판정 같았다.

우리도 전광판의 '수술 중'이라는 글자를 초조하게 지켜보길 족히 네 시간이 지났을 때였다. 계수씨와 나는 가족을 대표해서 상담실로 호출되었다. 순간 가슴이 철렁 내려앉았다. 집도의가 오징어 몸통 반쪽만 한 분홍색 위 조각을 보여주면서 수술은 잘 되었고, 담낭에 담석이 발견되어 차제에 그쪽 전문의가 수술 중이라고 전했다. 그리고 수술 후의 여러 가지 치료 과정과 주의사항을 주지시켜 주면서 위로의 말도 잊지 않았다.

난생처음 보는 아우의 잘린 위 조각 위에 직경 4밀리미터가 될까 하는 별 모양의 검은 부위가 있었다. 그것이 암이었다. 눈으로 보기엔 핀셋으로 살짝 떼어내고 소염제나 먹으면 멀쩡해질 것 같은 생각이 들었다. 그런데 그것이 상상할 수 없는 괴력을 휘두르며 인간의 생명을 파괴한다니, 인체의 신비로움에 경탄하기에 앞서 그 허약함에 두려움을 느꼈다. 허무감과 함께 삶에 더 겸손해야겠다는 생각에 사로잡혔다. 아우는 다섯 시간 반에 걸친 수술을 끝내고 회복실로 옮겨졌다. 뒤따라가는 우리를 보고 손을 두어 번 흔들고 가벼운 미소까지 보여주었다.

퇴원 날이었다. 주치의는 수술은 성공리에 끝났으나 여덟 번의 항암치료를 받아야 한다고 말했다. 어두운 그림자가 한순간 그의 얼굴에 스쳐갔다.

항암치료를 시작하는 날에 아우를 보려고 항암치료실에 방문했다. 큰 회의실만 한 공간에 안락의자 같은 수많은 간이침대에 암환자들이 누워 있었다. 빈자리 없이 암환자로 꽉 찬 그곳엔 무거운 침묵이 흐르고 있었다. 여러 개의 가느다란 플라스틱 줄이 하나의 주삿바늘에 연결되고, 그 바늘을 팔에 꽂고 눈을 지그시 감은 채 누워 있는 모습들이 마치 보이지 않는 적에 대항하기 위해 완전무장을 한 채 참호 속에 움츠리고 있는 병사들처럼 보였다. 환자에 따라 안색도 다양했다. 어떤 말로도 표현하기 힘든 암 병동의 스산한 분위기가 느껴졌다. 삶과 죽음의 연상^{聯想} 속에서 그들은 오직 쾌유만을 꿈꾸고 있는 듯했다.

그곳에서 나는 한동안 생각에 잠겼다. 사람은 자신의 일을 스스로 선택하고 결정할 권리가 있다. 경우에 따라서는 삶과 죽음의 결정도 스스로 내려야 할 때가 있다. 나

같은 노년기에 암 선고를 받는다면 수술을 해야 할 것인가 아니면 주어진 일을 하다가 갈 것인가 고민하며 가장 중요한 선택을 해야 한다. 80세가 넘으면 5년 계획도 회의적으로 느껴진다. 나는 이제 책을 쓰려고 하면 먼저 시간을 계산한다. 언제 어디가 아프다고 선고받을지 모르기 때문이다.

이번에 받은 종합검진 결과로는 아직 이상이 없으나 작년보다 경고 건수가 많아졌다. 신체 구석구석 여기저기가 무너지는 것을 느낀다. 마지막 선택은 나 자신에게 있다. 밤이 찾아오듯이 자연의 섭리처럼 죽음을 맞이하고 싶다. 하잘것없는 잡다한 생각을 버리고, 감사하고 사랑하는 마음으로 일하다가 삶을 끝낼 수 있는 행복을 기원해본다. 그것이 최고의 마지막 축복일지도 모른다. 의사가 다가오는 소리에 나는 마치 꿈에서 깬 듯 의자에서 벌떡 일어나서 다음 치료를 위한 의사의 주의사항을 아우와 함께 경청했다.

암이란 병은 육체보다 정신적 파괴에서 오는 고통이 더 심한 것 같았다. 항암제 부작용으로 건강의 균형이 무너지고, 그것이 정신을 쇠약하게 만들고, 수면 장애를 일으키며 체중을 감소시킨다. 그런 와중에서도 내 아우는 형제모임에는 빠짐없이 나왔다. 여름 더위에도 손발이 차고 저리며 춥다고 했다. 체중이 많이 빠져 왜소해 보였다. 나는 살며시 손을 잡고 잠시나마 가볍게 주물러주는 것이 고작이었다. 내 체온이 아우의 찬 손으로 전해지는 것을 느꼈다. 이전 같으면 소맥 서너 병은 거뜬히 해치우며 얼굴을 붉혔는데, 이젠 약속이나 한 듯 술은 일체 마시지 않았다.

아우는 6개월마다 검진을 받는다. '이상 없다'는 한마디에 지난 반년에 감사하고, 앞으로의 반년을 그 한마디를 듣기 위해 조심스럽게 살아야 한다. 검진기간은 4년이고 벌써 2년이 지났다. 요즘엔 손수 운전해 가까운 소풍도 자주 나가는 것 같고, 이번 달 형제모임에서는 식사도 맛있게 많이 했다. 당연한 것이 그렇게 반갑고 기쁘게 보였다. 며칠이 지난 어제 저녁에 아우에게서 문자를 받았다.

"드디어 오늘 캔 막걸리 한 잔 했습니다. 우리 형제들과 가족들 모두에게 감사합니다."
"와~! 여기까지 막걸리 향기 나네! 어서 함께 한잔 커~하며 기분 좋게 이런 저런 세상사는 이야기나 나눔세! 형"
"형, 추카추카, 원복"

유일하게 정신을 가진 음료수는 술이다. 그래서 술을 마
신다는 것은 술의 정신을, 주정 酒精을 마시는 것이다. 사람
은 고통이나 근심이 있을 때 술을 마시지만, 그렇다 해도
그것은 없어지지 않는다. 그러나 좋은 일이 있을 때 술을
마시면 주정은 어김없이 삶의 맛을 풍요롭게 하고 삶에
생기를 준다. 지난 2년간 누구보다도 항암치료의 고통과
싸워왔던 그였기에 막걸리 한 잔의 의미는 승리의 축배라
고 여겨졌다.

우리 형제들은 왜 오래 살아야 하느냐는 문제에는 서로
많이 공감하고 있는 듯하다. 모이면 주고받는 간단한 안
부 인사는 대동소이하다. "그간 뭐했니?" 아니면 "뭐하고
시간 보내며 살아?" "방콕이지 뭐. 이번엔 인도에 대해서
쓰고 있어. 형은?" "난 지금 죽 쑤고 있어. 부지런히 해야
지…." 우리가 일할 수 있을 때까지, 말하자면 시간이 끝날
때까지 연구하고 글 쓰면서 살자는 것이다. 사람은 사라
져도, 어떤 일을 하든지 간에 성실한 노력은 더불어 살고
있는 이웃과 사회의 도움과 사랑에 대한 보답의 흔적으로
남듯이, 우리들의 책이, 한 줄의 문장이 언젠가 후학에게
용기와 지혜를 줄 수 있다.

"생生은 신이 우리에게 내린 명령, 그래서 생명"이다. 작

가 최인호의 말이다. 삶은 숙명적인 것이니 최선을 다하며 살라는 가르침이다. 죽음 또한 같은 것이니 살아 있을 때까지 사랑을 마음에 품고 열심히 일하며 품위 있게 살아가야겠다. 최소한 바보처럼 죽지는 말아야 한다. 생각과 느낌이 없기 때문에 산다 해도 삶의 의미를 모르고 죽는 사람은 바보다. 너무 많은 생각으로 죽는 사람도 바보이긴 마찬가지다.

그러니 아우님! 주어진 삶을 물 흐르듯 자연스럽게 받아들이고 여유와 평온 속에서 품위 있게 즐기며 살아가세. 자, 어서 빨리 쾌유해서 막걸리 한 잔 높이 들며 우리 함께 외쳐 봄세!

"춤 볼 Zum Wohl!('건배!'라는 뜻의 독일어)"

삶이 가벼워야 죽음도 가벼워진다

우리는 100세 시대에 살고 있다. 그만큼 '잘 살기well-being' 못지않게 '잘 죽기well-dying'에 대한 관심도 높아지고 있다. 우리는 삶을 피할 수 없듯이 죽음도 피할 수 없다. 잘 사는 것만큼이나 잘 죽는 것도 쉬운 일이 아니니 잘 살아가기 위한 최선의 방법은 언제라도 죽을 준비를 잘하는 것이다. 죽음을 늘 염두에 두고 살면 훌륭하게 살 수 있고, 좋은 죽음도 맞이한다는 것이다. 결코 쉬운 일이 아니다. 하지만 우리는 이 두 가지를 포기할 수도 없고, 포기해서도 안 된다. 2년 전에 맏형님의 죽음을 겪으며 이 생각이 더욱 깊어졌다.

맏형님은 대학 전임강사로 근무할 때 독일 정부 장학금을 받아 뮌헨대학으로 유학 갔다. 처자식을 한국에 두고 갔기도 하고, 여러 가지 여건으로 시간이 촉박해서였을까, 2년 반 만에 철학박사 학위를 마치고 돌아와 평생을 대학교수로 지냈다. 매일 새벽 5시에 가까운 산을 오르고 7시에 집에 와 냉수마찰을 한 뒤에 하루 일과를 시작했다. 젊은이들이 자기보다 늦게 올라오고, 산 중턱에 마련된 체련장에선 근육운동을 한다고 은근히 자랑도 했다.

늦가을이었다. 그는 새벽 등산길에 갑자기 쓰러져서 지나던 등산객이 급히 인근 병원으로 옮겼으나 가족이 도착하기도 전에 홀로 돌아가셨다. 늦가을 갑작스러운 추위가 심장마비를 일으킨 원인이라 했다. 향년 86세였다.

죽음은 모든 문제를 일시에 해결하는 것 같으나 오히려 가장 큰 문제 하나를 새롭게 제시한다. '어떻게 해야 잘 죽는 것인가'이다. 책을 정리해서 버릴 것은 버리라는 식구들의 성화를 형님은 늘 외면했다. 그저 내일의 일만 생각하며 열심히, 부지런히 사는 분이었다. 유언장 하나도, 유언 한 마디도 남긴 것이 없었다. 사람만 훌쩍 사라졌을 뿐, 모든 것은 있는 그대로였다. 다만 긴 시간 병마에 고통당

하며 다가오는 죽음의 공포에 시달리지 않았다는 사실만
이 하늘이 내린 축복이라 여겼다. 그러나 갑작스러운 헤어
짐의 슬픔과 충격이 유족들에겐 너무나 컸기에, 살아 있는
동안에 내 삶과 내 주변의 관계를 미리, 아직 정신이 건강
할 때 꼭 정리해야 한다는 생각이 들었다.

　화장장으로 떠나기 전에 마지막으로 관 속의 형님 모습
을 보았다. 며칠 전만 해도 잘 살아야 한다는 내용으로 이
런저런 이야기를 함께 나누었던 분이, 평소에 아끼던 남색
정장에 흰 셔츠를 입고 검정색 넥타이를 매고 관 속에 누
워 있었다. 살아 있는 듯한 착각에 뺨을 어루만졌지만 차
가웠고 굳어 있었다. 36.5도가 생명의 온도인가, 이 온도
가 없는 주검은 유기물에서 무기물로 환원되는 생물학적·
화학적 변화일 뿐이지 않느냐는 생각에 갑자기 몸서리쳐
졌다.

　그 순간 '아니다, 인간의 죽음은 그렇지 않다'는 생각이
스쳐갔다. 인간에겐 영혼이란 것이 있지 않은가. 인간에겐
완성에 대한 그리움이 있지 않은가. 그래서 인생은 반쪽이
다. 주검은 땅에 묻히고, 살아 있는 사람들은 하늘을 향해
잘 가라고 영혼과 작별 인사를 한다. 사극에서 왕의 승하
를 알리기 위해 신하는 궁궐 지붕 위에서 흰 두루마기를

하늘을 향해 흔든다. 요즘엔 화장이 지배적이어서 유족들은 허공에 흩어지는 연기를 보며 영혼과 이별하고, 주검은 한 줌의 재가 되어 땅에 묻힌다. 살아 있는 사람은 영혼을 생각할 뿐이다. 인간은 그저 죽을 뿐, 그 죽음을 결코 경험할 수 없기에 죽음은 삶보다 더 신비로운 것으로 나에게 다가왔다.

화장장에 도착해서 차례를 기다렸다. 드디어 앞으로 호출되고, 문이 열리더니 앞에 보이는 큰 화구 속으로 관이 들어가고 문이 닫혔다. 그사이에도 계속해서 장례 버스가 왔고 대기실에는 이미 많은 사람이 기다리고 있었다. 그곳 사람들의 표정은 슬프다기보다는 덤덤했고, 우는 사람도 없었다. 부모를 따라온 청소년은 음료수를 마시거나 핸드폰으로 게임을 하고 있었다. 어른은 실신한 듯 멍하니 앉아 있거나 주위를 이리저리 서성거렸다. 대기실의 전자 게시판에는 고인의 이름이 있고, 그 옆 칸에는 '소각 중', '냉각 중', '냉각 완료'라는 글씨가 번갈아가며 바뀌고, 유골을 찾아가라는 방송으로 유족을 부른다.

마침내 우리 차례가 왔다. 고작 50분이 지났을 뿐이다. 고운 밀가루처럼 잘 갈린 잿빛 뼛가루는 흰 한지에 싸여 정결한 나무 상자에 들어가 유족에게 넘겨졌다. 그 상자는 옆방에 있는 분향대에 올려졌고, 나는 제일 연장자로서 마지막 작별의 인사말을 준비 없이 올려야 했다.

"형님, 사람은 다 죽습니다. 참 착하게 사셔서 그렇게 복되게 돌아가셨습니다. 저도 그러고 싶어요. 다시 하늘나라에서 뵐 때까지 편히 쉬세요."

"복되게"란 말이 왠지 형수님에게 결례이지 않았나 싶어 마음에 걸렸다. 그러나 그것이 가장 절실한 내 마음의 표현인 걸 어쩌랴. 유족들이 저마다 애절하게 영결의 말과 함께 예를 갖추고 난 후에, 유골 상자는 맏아들 품에 안겨 10여 분 떨어진 공원묘지에 있는 잘 손질된 관목류의 나무로 옮겨졌다.

그것이 수목장임을 처음 알았다. 검정색 양복으로 정갈하게 차려입은 직원이 미리 직경 40센티미터, 깊이 50센티미터쯤 되는 구덩이를 파놓고 기다리고 있었다. 뼛가루는 족히 한 되 반쯤 되었다. 직원의 지시에 따라서 유족들은 순서대로 작은 손삽으로 뼛가루를 한 줌 떠서 구덩이에 뿌린 후에 그 위에 횟가루를 뿌렸다. 그렇게 모두 끝나니 직원은 흙과 잔디를 그 위에 덮었고, 이어서 유족들이 돌아가면서 잔디를 밟아주었다. 그렇게 수목장은 끝났다. 그 작은 나무 주위에 여덟 구의 주검이 안치된다. 49제 때와 보니 책표지만 한 검정색 대리석판 속에 형님의 사진, 이름과 생졸연월일이 새겨 있었다.

장례 문화가 많이 바뀌었다. 모든 절차가 간소화되고, 규모가 작아졌다. 그렇다고 고인에 대한 유족의 사랑과 슬픔이 결코 부족한 것이 아니다. 다만 죽음에 대한 인식의 변화에 따른 장례 문화의 변화일 뿐이다.

고대 이집트인은 사람이 죽으면 육체만 죽을 뿐이고 영혼은 계속 산다고 믿었다. 육체가 없는 영혼은 있을 수 없으므로 영혼이 육체를 계속 가질 수 있도록 시체를 미라로 만들었다. 파라오의 호화로운 미라, 사막에 버려진 가난한 자의 초라한 미라, 그러나 죽음 앞에 모든 것은 평등했다. 이 미라들은 똑같이 장수에 대한 소원과 사후의 삶에 대한 생각을 암시하지만, 그보다는 인생의 허무를 더 많이 느끼게 한다. 영원히 썩지 않을 시체가 한편으론 공포를 유발시키고 다른 한편으론 수천 년의 과거를 말해주는 가운데, 현대에 사는 우리는 이들을 보기 위해 입장료를 지불해야 한다.

나는 런던의 대영박물관에 전시된, 초라하지만 잘 보존된 어느 미라 앞에서 죽어서도 영원히 땅으로 돌아가지 못한 비애를 느꼈다. 나도 모르게 성호를 그었다. 인간의 시체가 완전히 썩어 없어지기까지는 20~25년이 걸린다고 한다. 곱게 갈린 뼛가루는 일주일이면 자연으로 돌아가는 데 충분할 것이다. 성서에는 "너는 먼지이다. 그러니 너는 먼지로 다시 돌아가리라!"는 말이 있다. 인간은 죽어서 자연으로 돌아가라는 가르침이다. 대지는 생명의 모체이고 죽음의 고향이다. 장례는 바로 귀향하는 망자의 영혼을 위한 산 자의 마지막 예의라 할 수 있다.

수목장을 끝내고 집에 돌아온 날 저녁에 손삽에 담겼던 몇십 그램의 뼛가루, 죽음의 가벼운 무게가 내 삶을 무겁게 느끼게 했다. 요즘에는 중병에 걸리면 즉시 병원에 입원해 가족과 분리되고, 죽음은 의술에 맡겨진다. 내가 움직일 수 있을 때 나와 내 주변을 부끄럽지 않게 정리해야겠다고 생각했다.

그러고 보니 할 일이 태산 같다. 내 나이쯤이면 유언장은 이미 작성되어 있어야 한다. 서둘러야겠다. 서재를 둘러보니 책들이 잡동사니처럼 널려 있어 꼭 필요한 것만 빼고 기증할 것과 버려야 할 것을 서둘러 정리해야겠다. 책장 서랍, 수납장, 옷장, 신발장에 있는 것은 쓰레기더미로 보인다. 마치 쓰레기를 가지고 지지고 볶고 하면서 살아온 기분이다. 사진은 아내와 함께 한 번 더 과거를 더듬어보면서 정리해야겠다. 내가 평생을 거쳐 펴낸 책들은 나의 가장 소중한 유산으로 자식들에게 물려줘야겠다.

죽음 이후는 알 수 없으나, 장례식장 정경만큼은 지금 상상할 수 있다. 나의 죽음을 조금이나마 슬퍼할 사람들, 나에게 지도와 도움을 준 사람들, 내가 사랑했고 나에게 사랑을 베푼 이들, 꼼꼼히 기억해서 감사의 말을 잊지 말아야겠다. 신세진 것, 빚진 것이 없나 빠짐없이 헤아려 보고, 실수나 잘못에도 늦지 않게 용서를 바라야겠다. 몸 여기저기에 파이프 꽂고 주삿바늘 찌르고 무작정 버티기는 싫으니 연명의료의향서는 꼭 써두어야겠다. 장례는 가장 간소하게 치르도록 자식들에게 일러두겠다. 기일은 가족들의 사랑이 더 깊고 견고해지는 기회가 되길 소망한다.

하루의 삶이 곧 하루의 죽음이듯 그렇게 우리는 죽어가고 있다는 사실을 분명히 알고 있지만, 그 마지막 날이 언제인지는 정확히 알지 못한다. 최소한 한 계절만이라도 미리 알 수 있다면, 그 기간만이라도 의미 있게 달라진 삶을 살 수 있을 텐데, 죽기 직전에서야 그것을 알 수 있다. 비극적인 인생의 아이러니다. 남는 것은 뒤늦은 후회와 그렇지 않게 더 살아보고 싶은 헛된 기원일 뿐이다. 그러니 '언제라도 죽을 준비를 하는 것', 즉 '삶을 가볍게 만드는 것'

이 가장 현명한 삶의 방법이다. 그래야 죽음이 가벼워질
수 있다.

   가볍고 부드러운 한 줌의 뼛가루, 그것이 죽음이듯 그렇
게 가볍고 부드럽게 죽길 기원한다.

코로나 트라우마에 시달린 48시간

환절기만 되면 자주 감기에 걸린다. 콧물, 기침, 가래, 이
따금 느끼는 가슴 통증이 있으나 열은 없다. 매년 독감 예
방주사를 맞고 종합건강검진을 받으니 별 걱정 없이 동네
병원에서 처방 받은 약을 넉넉히 일주일 정도 복용하면
회복되곤 했다. 코로나19가 번지면서 잔뜩 긴장해서 지낸
탓인지 봄 환절기는 무사히 넘겼다.

　가을은 예년보다 유난히 추운 날이 많았다. 코로나19가
약간 진정 국면이었고, 규제가 좀 풀려서인지 11월 둘째
주에는 모임이 꽤 많이 몰려 있었다. 모든 모임이 반년 가

까이 지난 후에 비로소 열리니 참석해야만 했다. 주말 저녁엔 막내딸네가 와서 저녁 식사를 함께했다. 오랫동안 철저하게 '집콕' 생활을 하다 모처럼 자주 외출하게 되어 즐거웠으나 피곤하기도 했다.

일요일 아침에 일어나니 감기 증상에다 열, 오한, 두통이 있어 벌컥 겁이 났다. 즉시 열을 재보니 38.2도. 아침은 먹을 생각이 없어 그냥 누워 있었다. 얼른 마스크를 쓰고 스마트폰으로 코로나19 감염 증상을 뒤지기 시작했다. 감염 증상 목록을 체크해보니 의심의 한계를 넘은 것 같았다.

바짝 긴장해서 코로나19 증상의 하나로 후각과 미각을 잃는다는 항목을 읽고 있을 때 아내가 들어와 내 모습을 보고 놀라는 듯했다. 열린 문으로 커피 향기가 훈훈하게 풍겨왔다. '아, 냄새! 아닐 수도 있겠구나!', 한 가닥 희망의 내음을 깊이 들이켰다. 당장 보건소 선별진로소에 갈 것을 보류하고, 진통제를 먹고 내일 월요일에 동네 내과 의원에 들를 때까지 하루 경과를 지켜보며 계속 누워 있기로 했다.

하루 종일 열은 내리지 않고, 오한과 두통이 마음의 안정을 갉아먹으면서 코로나19에 감염되었으면 어떡하나 싶고, 온갖 생각이 뇌리에서 소용돌이쳤다. 내 가족은? 만

난 친구들은? 내가 감염시켰다면 어쩌나, 가슴이 두근두
근 뛰었다. 벌떡 일어나 만일을 위해 만난 친구들 38명의
전화번호를 정리해두었으나 차마 전화를 걸 수 없었다. 양
성 판정 후에 연락하면 방역지침에 어긋난 행동은 아닌
지? 그나마 가족들에겐 아내를 시켜 안부를 확인할 수 있
어서 다행이었다.

코로나19라는 재난이 1년 넘게 전 세계를 괴롭혀왔다.
특히 노인에겐 치명적이라 해서 방역 수칙을 철저히 지키
며 지금껏 잘 지내왔다. 그런데 지금 나는 그 증상에 시달
리며, 마치 최후 선고를 기다리는 미결수마냥 예측할 수
없는 내일에 두려워하고 있다. 아마도 불안이나 두려움은
막연하게 밀려오는 인간의 원초적인 감정인가 보다. 85세
평생에 온갖 불안이나 두려움을 마음속으로 적절히 다스
리며 살아왔으나, 죽음에 이르는 두려움은 늘 추상적이었
다. 죽음 자체가 그렇기 때문이다. 그러나 죽음에 이르는
두려움을 이번에 제일 크게 실감했다.

《삶을 위한 죽음의 미학》에서 "죽음을 알면 삶이 성숙
해진다"고 말한 나는 여전히 죽음이 이렇게 두려우니, 내
삶이 죽음을 맞이하기에 아직 성숙하지 못한 것이 무엇일
까? 만일 양성일 때, "죽음은 산 자의 감겨진 눈을 뜨게 한

다"고 말한 나에게 '예고된 죽음'은 내 눈을 뜨게 해서 무엇을 보게 할까, 자문해본다. 보이는 것은 나의 뇌리에서 잠시도 떠나지 않고 뜬눈으로 밤을 지새우게 한 불안과 두려움뿐이었다.

고열과 오한에 시달리며 밤의 어둠 속에서 비몽사몽 중에 내 눈앞에 지난 삶이 파노라마처럼 펼쳐졌다 사라져갔다. 지금껏 다른 사람에게 부담을 주지 않고 내 일에 몰입할 수 있어 행복했단 생각이 들었다. 하지만 아흔 살을 바라보고 살면서 아직도 죽음을 현실적으로 받아들이지 못하고 죽음의 준비를 소홀히 한다는 어리석음도 자각하면서 형언할 수 없는 트라우마에 밤새 시달렸다.

화장실에 가려고 일어났을 때 오한이 나서 몸을 뒤떨었다. 열을 재보니 38.3도, 새벽 3시 5분이었다. 다시 누운 잠자리에서 계속해서 불길한 생각이 꼬리를 물고 이어졌다. 혹시 오늘 양성 판정을 받으면 어떻게 될까, 즉시 격리 수용되지 않나? 아내는? 아이들과 형제들은? 날 만난 친구들은?

제기랄, 그 긴 세월을 살면서 지금까지 뭘했지? 계속해서 벌려만 놓았지 정리한 것이 하나도 없다. 이것저것 분별없이 가져오려고만 했지 버린 것은 하나도 없다. 이런 어리석음, 저런 후회를 다시는 되풀이해서는 안 된다고 정말 통절하게 느끼지만, 그럴 시간도 이젠 없을 것 같다. 가슴은 답답하고, 머릿속은 착잡해서 짜증과 분노 섞인 한숨이 절로 나왔다. 날이 밝아오는 것이 두려웠다.

죽음에 대해서 연구하고 책으로 출간한 저자라는 것이 부끄러웠다. 실제로 그날을 어떻게 맞이해야 할지 늦었지만 오늘부터라도 준비해야겠다. 준비 없는 세상일이란 실패하기 마련이다. 결혼할 때, 시험을 보거나 직장을 구할 때, 여행을 갈 때 준비가 필요하듯이 죽음 역시 마찬가지다. 죽지 않을 것처럼 살면서 아무런 준비 없이 한순간에 맞이한 죽음은 허망하고 무책임할 뿐이다. 죽음의 질은 엉망이 될 것이다. 최소한 이것만은 지켜야겠다. 죽음을 편한 마음으로 받아들이고 맑은 정신으로 가족들에게 더불어 살며 행복했다, 감사했다, 그리고 사랑했다는 작별의 인사를 나누어야 한다는 것이다. 만일 양성일 경우에 격리 수용되면 그것이 영원한 이별이 될 수도 있기 때문이다. 잠 못 이룬 채 어둠 속에서 뒤척이다 보니 푸르스름하게 여명이 밝아왔다

오전 10시경에 동네 내과 의원에 갔다. 대기실에 일곱 명이 진료 순서를 기다리고 있었다. 간호사가 이마에 체온

계를 대보더니 놀라는 눈빛으로 물었다.

"어, 38.2도? 다른 증상은 없으세요?"

"오한이 들고, 기침에다 가래, 콧물이 나와요."

말끝을 맺기도 전에 콜록콜록 기침이 나오자 놀라 날쳐다보던 옆 사람 둘이 얼른 떨어진 자리로 옮겨갔다. 난복도로 나가 창가에서 순서를 기다렸다. 나를 진찰하는 의사도 경계하는 모습이 역력했다. 컴퓨터에 저장된 내 기록을 살펴보며 증상을 자세히 물어보고 난 후에 엑스레이 X-Ray를 찍으라 했다. 얼마 후에 의사는 말했다.

"엑스레이는 이상 없고, 선생님이 환절기에 잘 걸리시는 감기 같은데, 이번 북극 한파로 인해 계절에 맞지 않은 이상 추위로 독감에 걸려 열이 있는 것 같습니다. 그러나 때가 때이니만큼 코로나19 검사를 받으실지는 본인이 결정하세요. 우선 처방을 드릴 테니 약 먹고 집에서 자가격리하며 상황을 보고 가보시던가요. 항생제를 별도 처방해드렸습니다. 그래도 열이 안 떨어지면 즉시 신고하세요."

집에서 고민에 빠졌다. 몸 상태가 나쁜데 추위에 떨며 코로나19 무증상 감염자일지도 모르는 사람들 틈에 끼어 기다리는 것이 께름칙하고, 하얀 방호복을 입은 검사원이 긴 면봉을 콧속으로 깊숙이 집어넣을 것을 상상하니 선뜻

일어설 용기가 나지 않았다. 게다가 난 고위험군인데….
적절한 자기변명을 찾았기에 격리 상태로 집에 머물러 있
기로 했다.

침실에서 마스크를 쓰고 누워 있으니 '혹시나 나 때문
에…' 하는 생각에서 불안과 두려움, 그리고 죄책감 같은
것이 내 가슴을 무겁게 짓누른다. 스마트폰을 들고 다시
코로나19에 대해 이것저것을 뒤져보았다. 〈코로나19 사
망자 시신 처리는 장례지도사의 몫〉을 읽고 큰 충격에 빠
졌다.

코로나19의 뉴 노멀New Normal 시대에 우리 일상의 모든
것은 방역, 비대면 중심으로 바뀌었고, 심지어 삶의 마지
막 가는 길조차 바꿔놓았다. 코로나19 사망자는 장례 기
간 3일조차도 자손들에게 슬퍼할 겨를도 주지 않고, 친구
나 지인과 석별의 인사도 나누지 못하고 방역 매뉴얼에
따라 떠나가야 한다. 효도의 징표로 준비한 마지막 삼베옷
도 못 입고 염도 못 받은 채 입은 옷 그대로 걸치고 비닐
에 싸여 다시 시신 팩에 담고 관에 넣어져 유족의 의사와
는 관계없이 24시간 안에 서둘러 화장된다. '선 화장 후 장
례'를 치러야 한다. 끔찍한 망상에 몸서리쳤다.

약 기운 탓인지, 전날 잠을 못 자서인지 한숨 낮잠을 자

고 눈을 떠보니 오후 4시가 좀 넘었다. 베갯잇이 땀으로 흠뻑 젖어 있었다. 열은 37.6도, 몸이 가볍게 느껴졌다. 계속 누워 있으면서 잠들었다 깨었다를 몇 번 반복하니 화요일 아침이 되었다. 고열도 오한도 없어지고 청명한 바깥 날씨처럼 기분이 상쾌했다. 곧장 각 모임의 회장들에게 전화해서 그들의 무사함을 확인한 후에야 비로소 안심할 수 있었다.

감기도 함부로 걸리면 안 되는 때인가 보다. 아픈 대가로 많은 것을 새롭게 느끼고 생각할 수 있었다. "그래서 성숙해졌나?" 독백처럼 중얼거리며, 자못 심각했던 생각이 금세 평심으로 바뀌는 변덕에 어이가 없어 절로 헛웃음이 나왔다. 그런 나를 보고 아내가 미소를 지으며 말했다.

"여보, 좀 어때요, 걱정도 되고 겁도 많이 났어!"

"나도 그랬어. 지금은 기분이 최고야. 코로나 걸렸다고 상상해봐요. 당신, 아이들, 친구들… 어휴, 끔찍해! 난 지금 정말 행복해. 행복은 오늘의 나처럼 매일의 다행에 감사하는 마음인 것 같아."

한바탕 마누라와 왈츠라도 추고 싶은 충동이 일었다.

오랜만에 LP판을 올려놓았다. 빈 필하모니 오케스트라가 연주한 요한 슈트라우스 2세의 〈봄의 소리, 왈츠

Frühlingsstimmen, Walzer〉의 경쾌한 멜로디를 타고 조수미의 낭랑한 목소리가 거실 안에 울려 퍼졌다.

봄은 우아한 모습으로 화려하게 깨어나고,

아, 모든 고통은 이제 끝나리니,

모든 슬픔은 멀리 사라졌노라!

아 – 그렇다!

아, 봄의 소리가 다정히 들려오네.

아, 그래, 그 달콤한 소리.

(왈츠 곡에 가사로 붙인 〈박쥐〉의 대본 작가 리하르트 주네 Richard Genee 의 시 끝부분)

다가오는 봄의 소리와 함께 울려 퍼질 희망의 메아리에 귀 기울여보련다.

죽음이 삶에 주는 최선의 지혜

신이 인간에게 준 가장 큰 선물이 있다면 그것이 무엇일까? 그것은 바로 죽음을 늘 가까이서 보며 살아도 나와는 무관한 것으로, 추상적이고 형이상학적인 것이라고 외면할 수 있는 지혜가 아닐까. 하지만 과연 이것이 인간에게 주어진 최상의 지혜인지 정반대되는 상황 두 가지를 가정해서 생각해보자.

우선 머지않은 장래에 시간이 멈추고 모든 인간이 자신의 종말을 미리 안다고 한번 가정해보자. 그러면 인간은 어떤 상황에 처하게 될까? 우리가 예측할 수 있는 비극적 상황은, 상상할 수도 없는 카오스의 시작이 아닐까 싶다. 사회는 묵시록적 말세론으로 밑바닥에서부터 동요하고, 극한적 상황에서 이미 죽음이 두렵지 않은 인간에겐 법과 질서의 구속력은 힘을 잃게 되며, 지켜야 할 사회적 규범과 윤리적 의무는 자의恣意적 행위로 파괴될지도 모른다. 살인, 강도, 강간, 약탈, 방화 등 온갖 악행이 범람하고, 점점 더 심해지는 가운데 세상은 곧 대혼란에 빠져 비극적 참상을 보일 수 있다.

물론 악의 측면에서 관찰할 때 상상할 수 있는 카오스의 한 단면이라 할 수 있다. 이것이 주는 중요한 의미는 죽음에 대한 공포가 사라지자 오히려 불행해진다는 역설적 상황을 사람들은 그제야 깨닫게 된다는 것이다. 개인의 고유한 죽음이 있기에 삶의 의미가 생기고, 그래야 비로소 죽음에 대한 두려움도 생기게 마련이다.

인간은 죽음을 두려워한다. 나는 내 나름대로 그 이유를 세 가지로 생각해보았다. 첫째로 죽음은 내가 살아온 세상, 내가 사랑하는 사람들과의 영원한 이별이라는 의미에서 두렵고, 둘째로 내가 이 세상에서 영원히 사라진다는 생각에서, 그래서 느껴지는 삶의 허무감에서 두렵다. 셋째로 나는 죽음에 이르는 과정과 죽는 순간에 겪어야 할 고통이나 사후 세계의 불확실성에서 두렵다.

이처럼 인간의 두려움은 유한적 존재란 인식에서 비롯된다고 할 수 있다. 하지만 두려움을 유발하는 인식은 오히려 인간에게 죽음을 추상적으로 생각할 수 있는 능력이 되어 죽기 전에 무엇인가 꼭 성취해야겠다는 꿈을 품게한다. 그리고 죽음을 '아직'은 나와는 관계가 없는 것으로 덤덤히 여겨버리고, '지금'을 여유 있게 살아간다.

이것은 신이 인간에게 준 최상의 삶의 지혜다. 우리는이 지혜 덕분에 꿈을 가질 수 있다. '내일' 죽을지언정 '모래'를 생각하며 '오늘'을 의미 있게 살 수 있다. 삶뿐만 아니라 죽음에 대한 성찰의 시간도 가질 수 있다. 이 지혜의 참뜻은 늘 삶과 함께 존재하는 죽음에 대해서 알아야 하고, 존엄사를 위해 어떻게 살아야 할지를 앞서 생각하고 준비하라는 것이다. 오늘의 꿈은 좋은 하루를 만들고, 아름다운 죽음을 가져온다.

앞에서 든 말세론적 가정과는 달리, 만일 시간이 멈추고 더는 죽음이 없다면 영원만이 존재한다는 가상이 전제된다. 플라톤이 삶에 대한 죽음의 의미를 강조한 이래로 죽음과 영혼의 문제가 대두되고, 현세와 내세의 시간성에 대한 새로운 인식이 생겼다. 플라톤에 의하면 죽음이란 영혼이 감옥 같은 몸에서 해방되는 것이고, 자유로운 영혼은 천상의 영원으로 가는 것이다. 그런데 인간은 철저하게 시간적 존재이기 때문에, 죽음의 최후 변용을 통해서만 영원에 이를 수 있다. 영원은 영혼의 영역이지 결코 유기적 생명체의 영역은 아니기 때문이다. 하지만 아이러니하게도 인간은 영원할 수 없다는 것을 알면서도 영원한 삶을 꿈꾼다.

그런데 현세의 삶이 죽음 없이 영원하다면, 인간의 삶은 시작도 끝도 없는 무의미한 시간의 흐름에 불과하다. 그러므로 인간에겐 욕망이나 노력도, 성취나 실패도, 고통이나 행복도, 사랑이나 미움도 없을 것이다. 원하지 않는 삶을 산다는 것은 역겨운 것이다. 그 역겨운 삶이 영원하다면, 그것은 더욱 끔찍할 것이다. 그래서 인간은 역설적으로 삶속에서 죽음의 의미를 묻고 생각하게 된다. '오늘이 내 삶의 마지막이라면', 이런 생각과 함께 우리는 오늘이 내 삶의 마지막인 듯이 살아야 한다. 죽음의 의미를 묻는 자리에서 삶의 의미도 함께 찾게 되기 때문이다. 죽음이 있으니 아름다운 삶을 살기 위한 좋은 꿈이 있다. 그러나 죽음이 없으면 그 꿈은 있을 수 없다.

죽음이 언제 나에게 닥쳐올지 모르니, 삶의 꿈을 꾸듯이 마지막 죽음에 대한 꿈을 어떻게 꾸어야 할지 생각해야한다. 우리는 죽음을 죽음으로서가 아니라 올바른 삶으로서 사랑해야 한다는 것이다. 미국 브랜다이스대학 사회심리학과 교수인 모리 슈워츠는 1995년에 루게릭병으로 죽어가면서도 우리에게 삶과 죽음의 관계에 대한 그의 생각을 모세의 십계명처럼 열 개의 메시지로 남겼다. 그 1항은 이렇게 시작한다.

살아가는 법을 배우십시오. 그러면 죽는 법을 알게 됩니다. 죽는 법을 배우십시오. 그러면 살아가는 법을 알게 됩니다. 훌륭하게 살아가기 위한 최선의 방법은 언제라도 죽을 준비를 하는 것입니다.

그는 35년간 후학을 가르쳤고, 죽음을 눈앞에 두고도 TV에 출연하는 등, 살아 있음의 소중함을 일깨워 큰 감동을 안겨주었다. 그의 제자인 미치 앨봄은 매주 화요일마다 찾아와 그와 대화했고, 그것을《모리와 함께한 화요일 Tuesdays with Morrie》이란 책으로 내어 세계적 베스트셀러가 되었다. 모리 슈워츠 교수는 이 책으로 사후에 더 큰 명성을 얻었다.

그가 남긴 말은 죽음이 단지 슬프거나 두려운 것이 아니고, 언제라도 죽을 준비가 되어 있을 정도로 죽음과 친숙해지라는 것이다. 바로 그곳에 훌륭하게 살아가기 위한 최선의 방법이 있기 때문이다. 죽음에 대해 배우는 것이 삶에 대해 배우는 일임을 깨닫게 해준다.

의식적이든 무의식적이든 간에 살아가면서 자신의 삶과 죽음을 생각하지 않은 사람이 어디에 있으랴마는, 지금 당장 죽어도 '나는 참 잘 살고 간다'라고 생각하면서 죽는 사람이 얼마나 될까? 원철 스님처럼 "내가 감당할 괴로움이 있으니 그런대로 살 만한 세상이고, 해서 오늘 죽어도 좋고, 내일 죽으면 더욱 좋다"고 말할 수 있는 자, 그리고 주위 사람은 우는데 웃으면서 죽어가는 자는 과연 얼마나 될까?

우리는 인생의 끝을 생각해야 한다. 등장할 때의 갈채보다 행복한 퇴장을 염두에 두어야 한다. 등장할 때의 갈채 소리는 중요한 것이 아니다. 그것은 누구에게라도 일어날 수 있는 일이다. 중요한 것은 우리가 물러날 때 갈채를 받는 것이 더 중요하다. 그러니 과정이 중요하다.

삶과 죽음이 그렇다. 긴 생애 동안 삶이 항상 죽음의 연습이었고 꿈이 삶의 연습이었듯이, 꿈이 있으니 좋은 죽음

이 있고, 죽음이 있으니 좋은 꿈이 있다. 이것이 인간으로
하여금 인간답게 살게 하는 가장 현명한 지혜가 아닌가
싶다.

제3장

행복을
부르는
마음

"행복은 작은 일상에 만족하는 마음에 있다."

서재에는 인생이 깃들어 있기에

나이를 먹어가면서 몸은 늙어가지만 정신은 계속해서 발전해갈 수 있기 때문에, 녹슬지 않기 위해 배우며 살아야 한다. 그래서 책이 필요하다. 좋은 책은 우리를 사람답게 만들고, 다양한 지식은 우리에게 가치 있는 삶을 가져다 준다.

내 장서 제1호는 1953년에 출간된 W. 그라베르트의 《독일문학사 Geschichte der deutschen Literatur》다. 펼치면 첫 장 간지에 "1960년 9월 8일 호프만 박사로부터"라고 쓰여 있다. 그는 한국에 처음으로 건설된 이스트 제조공장에 생산기술을 전수하기 위해 독일에서 파견된 기술 총책임자였다. 나는 6개월간 그의 통역으로 일하게 되었다. 독일어 회화를 익힐 수 있는 절호의 기회였다.

당시 그의 나이가 칠순은 넘었으리라 여겨진다. 거구에 거동이 좀 불편했으나, 호텔에 있지 않고 공장 한구석에 간이 칸막이로 거실을 만들어 그곳에서 숙식하면서 작업을 지휘 감독했다. 효모발효탱크는 한번 시작하면 2주간 주야로 작동해야 했기 때문이다. 나는 아침에 출근하면 책상 위에 놓여 있는 하루의 작업 일정을 번역하고, 수시로 그를 따라 작업장을 순회하며 데이터를 점검하고, 작업 지시를 통역해주었다. 주말에는 고궁이나 박물관 등을 관광하고 나면 개인 욕실이 있는 고급 목욕탕에서 휴식을 취하도록 도와주었다. 그가 숙소로 갈 때면 빨간 포장의 양담배 '팔말Pall Mall' 두 보루를 사서 하나는 나에서 주고, 하나는 가지고 간다. 나중에 안 일이지만 그는 담배를 피우지 않는데도 밤새며 발효탱크를 지키는 사람들에게 졸지 말라고 수시로 돌면서 담배를 준다는 것이었다.

그는 검소하고 온후한 인품의 소유자였다. 나는 처음으로 독일 사람의 성실함과 검소함의 모범을 보았고, 그를 존경하게 되었다. 어느 날 그가 말했다.

"헤르 이Herr Lee, 당신은 독일에서 계속 공부하고 싶다고 했는데 독일에 오면 꼭 들리세요. 주소 적어드리죠. 그리고 책을 선물하고 싶어 아내에게 부탁해놓았어요."

그렇게 귀중한 책 한 권을 선물받았다. 6년이 지나 독일에 도착하고 난 다음 그의 주소로 안부 편지를 보냈다. 안타깝게도 그의 부인으로부터 그가 1년 전에 작고했다는 정중한 편지를 받았다.

그렇게 내 장서 1호가 생겼다. 내가 대학에 다닐 때는 원서로 배운다는 것은 상상할 수 없는 일이었다. 50여 명의 타자수가 프린트용 유지에 급하게 두들겨댄 후 인쇄된, 잉크도 채 마르기 전에 나누어준 텍스트를 가지고 오타를 고쳐가면서 배우고 공부했다. 그래서 나는 이 책을 학자인 체 뽐내는 기분으로 들고 다녔다. 대학 시절에 이 책이 유일한 것이었고, 지금까지도 제일 많이 인용하고 있는 책이다. 표지는 낡아 헤졌고, 종이는 말라 끝자락이 부서져나가기도 했지만, 거기엔 그의 인자한 인품과 내 학문의 일생이 스며 있어 내 서재에서 VIP로 군림하고 있다.

우리 시절에 유학은 곧 고학苦學이었기 때문에 책을 샀을 때의 기쁨은 그만큼 컸고, 그때의 기억은 잊히지 않고 책 속에 고스란히 묻어 있다. 독문학을 전공하기 때문인지, 다행히 나는 대학의 소개로 쾰른 인근 도시들에 있는 병원에서 새로 온 한국 간호사들을 위해 독일어를 가르칠 수 있었다. 독일 간호사협회 의뢰로 간호사에게 필요한 의학 전문 용어를 한국어로 번역해서 2000마르크를 받기도 했다. 여유 있을 때마다 조금씩 저축하고, 시간 나는 대로 대학 서점에서 신간 서적을 살피기도 해서 나에게 필요한 책의 리스트를 작성해두었다. 왜냐하면 프랑크푸르트에서 9월에 열리는 국제도서전이 끝나는 날엔 책을 반값으로 살 수 있었기 때문이었다. 하루 전에 박람회장을 두루 뒤지고 다니면서 출판사 위치와 책의 유무를 확인하고, 이튿날 개장하지마자 쏜살같이 뛰어 들어갔다. 나 같은 젊은 학생들이 길게 줄 서기 때문이다. 작전대로 책을 구했을 때의 기쁨은 매우 컸지만, 다음 출판사로 뛰어갔을 때 이미 팔려버린 책에 대한 아쉬움도 컸다.

서독에서는 책값이 만만치 않았다. 서베를린에는 동독 서적만 판매하는 서점이 있었는데 그곳에서는 서독의 3분의 1 값으로 이름 있는 양서를 살 수 있었다. 법학을 전공하는 친구와 함께 그곳에 가서 괴테, 실러, 하이네 전집과 열 권으로 집대성한 《독일문학사》를 무리해서 구입했다.

하노버를 지나면 동독 국경의 출입국관리소는 한국 사

람에겐 신변 안전 때문에 특별히 여권에 비자 도장을 찍
지 않고 별도의 종이에 찍어줬다. 동독 아우토반을 통해
서 서베를린에 도착하면 그것을 서독 측에 제출하면 된다.
돌아올 때도 같다. 단, 동독을 지나는 아우토반에서 절대
로 시내로 빠져서는 안 된다. 그러나 젊었던 우리는 경고
를 무시하고 돌아오는 길에 유명한 역사적 도시 라이프치
히를 잠깐 관광하고 가려고 출구로 빠져나갔다. 곧 우리는
동독 경찰에 검문당하고 경찰서로 끌려갔다. 그때처럼 긴
장했고 위기감을 느꼈을 때는 없었다. 그들은 우리들의 여
권, 학생증, 구입한 책, 영수증 등을 조사한 후 엄한 경고
와 함께 우리의 통행을 허락해주었다. 그때 구입했던 책들
을 볼 때마다 "간첩 혐의로 북한으로 보내졌다면?" 하고
상상해보고 헛웃음을 짓는다.

이렇게 해서 내 귀중한 재산이 쌓여갔다. 책장을 둘러보
면 내가 산 것 외에도 색다른 기억을 불러일으키는 책들
이 있다. 선물 받은 책들은 더 귀중하고 정겹다. 무엇보다
도 지도교수님이 준 몇 권의 책은 볼 때마다 그분이 베풀
어주신 지도와 사랑을 새롭게 불러일으킨다.

독일 대학에서 박사 학위 수여식은 한 학기에 두세 번
정해진 날짜에 총장실에서 간단하게 치러진다. 지도교수

와 학위를 받는 자만 참석하고, 총장은 박사 학위증이 아니라 논문이 심사위원의 지적사항을 완전히 수정 보완한 후에 책으로 인쇄되어 도서관에 150부를 제출할 때까지 박사라는 명칭을 사용해서는 안 된다는 내용의 경고장을 수여한다. 수여식이 끝났을 때 베르너 켈러 지도교수님은 자신의 교수 학위 논문인 두툼한 책 《괴테의 문학적 비유성》을 주며 "연구는 지금부터일세, 열심히 하게"라는 격려의 말씀과 함께 어깨를 안아주며 축하해주셨다. 그 책에는 선생님의 말씀과 꼭 교수가 되라는 진정 어린 소망이 배어 있어 무엇으로도 가늠할 수 없는 내 귀중한 정신적 보물이 되었다.

그뿐만이 아니다. 선생님은 내가 연구교수로 1년간 쾰른대학에 있을 때 당신의 연구실 옆에 내 방을 마련해놓고 수시로 돌봐주셨다. 크리스마스이브에는 선생님 댁에 저녁 초대를 받았다. 자식이 없기 때문에 선생님 내외와 장모님과 나, 네 명의 단출한 파티였다. 한참 환담을 나눈 후에 그는 나를 서재로 안내했다. 벽 사방을 꽉 메운 책들에 놀랐지만, 그 책들 위에 먼지가 앉지 않도록 흰 종이를 얹어놓은 책 사랑에 존경심이 절로 우러났다. 그가 출간한 《희곡론Poetik》과 《괴테의 파우스트 II Goethe Faust II》를 선물

받았다. 지금까지 내 논문과 책의 저술을 위해 참고한, 내 손때가 가장 많이 묻은, 실로 귀중한 책들이다. 이 책들이 더 귀중한 것은 선생님의 제자 사랑과 책 사랑을 느끼게 하면서, 나로 하여금 은퇴한 지금도 그분 같은 제자 사랑을 실천하지 못했던 후회와 아쉬움을 함께 일깨워주기 때문이리라.

선생님께 내가 쓴 책을 보냈을 때, 한글을 몰라 유감이지만 주해를 살펴보니 내용의 흐름을 이해할 수 있겠다는 감사의 편지와 함께 《Produktivkraft Tod. Das Drama Heiner Müllers(생산력 죽음. 하이너 뮐러의 드라마)》란 책을 우편으로 보내주셨다.

어느 해인가 쾰른도서관 앞에서 내가 유학 시절에 열심히 청강했던 오토 콘라디 교수를 만났다. 정년 퇴임 후에도 그는 계속해서 신간을 세상에 내놓아 노년의 학자가 가야 할 길을 보여준 분이었다. 마침 대학 서점에서 그의 신간 《괴테Goethe》를 보고 차례와 서론을 읽었던 터라 축하 인사를 했더니 그는 정말 기뻐하면서 인근 대학 서점으로 나를 데리고 가서 그 책을 사주었다. 옛 제자가, 그것도 먼 한국인 독문학자가 자신이 쓴 책을 읽어보았다는 기쁨과 자신의 정신적 재산을 함께 나누어 가진다는 보람 때문이었을 것이다. 그뿐이랴, 내 서가 여기저기에는 기증받은 동료, 후배 교수와 제자 교수의 귀중한 저서들이 얼굴을 내밀고 긴 세월 동안 나와 얽힌 과거의 일을 새롭게 불러일으킨다.

이렇게 내 시선이 닿으면 책들은 처음 만났을 때 이야기를 소곤거리며 나를 유혹한다. 한 권의 책을 집필하는 동안에는 그 주제와 연관된 책들이 내 노트북 주변에 산재해서 어수선하게 쌓여 있지만, 끝나면 곧 제자리로 돌아간다. 내가 생각해도 참 신기한 일이다. 작가별로, 혹은 주제나 시대사조별로 분류되어 수십 년을 자리해왔기 때문일까, 내가 찾으려는 책과 글귀나 생각을 뒷받침하는 내용은 대충 짐작한 곳에서 찾아내곤 한다. 직업병에 의한 신경의 이상발달이라 해도 좋다. 요즘 이름 석 자는 까맣게 잊어버리기 일쑤인 내 나이에 책장에 꽂혀 있는 책 한 권 한 권의 위치는 잊히지 않고, 그것들에서 떠올리는 나의 옛 추억은 늘 정겹기만 하다.

그런데 요즘은 서재에 앉아 있다가 가끔 책이 없는 빈 책장을 상상해본다. 이 책들은 영원히 나와 함께할 수 없기 때문이다. 빈 책장은 먼지 쌓인 널빤지가 가로세로로 서로 교차하면서 만든 앙상한 수십 개의 십자가같이 눈에 다가온다. 실로 책장은 십자가처럼 책 쓴 사람들의 위대하고 값진 고통덩어리를 짊어지고 있었구나. 나사못만 빼면 한낱 널빤지 조각에 불과한 상태로 버려질 것이다. 고생 많았다고 소복이 깔려 있는 먼지를 깨끗이 닦아주고, 누구에겐가 다시 책장으로 물려줄 수 없을지 생각해본다.

형님이 가족의 성화에도 불구하고 끝내 책을 버리지 못하고 돌아가신 이유를 이해할 것 같았다. 이전에는 개인 장서를 도서관에 기증하면 별도 공간을 마련해서 감사히 받았다. 그러나 현재는 오히려 기증을 꺼리는 경향이 있다. 그래도 학교 도서관이나 학과 도서관에 기증하거나, 아니면 언젠가는 제자 교수들이나 석박사 과정에 있는 후학에게 알려 관심 있는 책을 골라 가져가게 해서 내 정신적 재산이 책으로서 역할을 계속할 수 있는 방법을 찾아야겠다.

매주 화요일은 우리 아파트의 폐지 수거일이다. 그때에는 폐기장에 꽤 많은 책이 버려져 있다. 내가 어렵게 수집한 책들, 내 추억이 묻어 있어 나를 행복하게 했던 책들, 내 부족한 지식을 메워주며 많은 논문과 책을 잉태하게 했던 친구들, 내가 그토록 오랫동안 어루만지며 사랑했던 이 친구들을 폐지 비닐 자루에 담아 버릴 수는 없다고 다짐한다.

서재 한 칸엔 베토벤, 슈베르트, 모차르트, 브람스 등 세계적인 작곡가들의 심포니, 오페라, 가곡, 바이올린곡, 첼로곡, 피아노곡을 담은 LP판 200여 장이 자리하고 있다. 그중에서 바이로이트 바그너 축제 100주년 기념을 위해 헤르베르트 폰 카라얀과 함께 세계적인 지휘자로 쌍벽을 이룬 카를 뵘의 지휘로 제작된 열여섯 장으로 된 바그너의 〈니벨룽겐의 반지Der Ring des Nibelungen〉 전집은 나의 보물 중의 보물이다. 이 전집은 한정판이었기 때문에 독일 음반시장에 나오자마자 레코드 상점 사장을 찾아가 지금 반값만 지불하고 돈이 마련되는 대로 찾아가겠노라고 부탁했다. 사장은 웃으면서 쾌히 승낙했고 마침내 내 수중에 들어오게 되었다.

책과 마찬가지로 LP판 하나하나에도 나의 추억이 담겨 있을 뿐만 아니라, 내 마음에 위로와 평안과 기쁨의 선율을 선사했다. 지쳐서 실의에 빠져 있을 때 베토벤의 〈운명〉이 시작하는 관현악의 굉음은 새로운 각성과 용기를 주기 위해 내 마음을 두드리는 소리 같았고, 그의 교향곡 〈합창〉은 실러의 시에 담긴 인간애와 함께 아름다운 선율을 타고 내 심금을 울렸다. 슈만의 〈시인의 사랑〉은 하이네의 그지없이 아름다운 시적 언어와 음악이 경이로운 조화를 이루어 깊은 명상의 세계로 빠져들게 했다.

한 번도 본 적 없는 수많은 시인과 음악가, 그리고 스승, 동료, 제자 교수의 책들과 교감하면서 때로는 감탄하고 배우고 존경하며 창작의 고통을 함께 나눈 지 50년이 지난 지금, 그 책들이 나를 떠난 빈 책장 앞에서 홀로 버려진 고독을 느껴본다. 상상조차 하기 싫다.

내 지식의 세계와 공유했던, 내 추억이 깃든 책들은 쓰레기가 아니다. 내가 떠날 때까지 너희들을 버릴 수는 없다. 그렇게 마음먹고 책으로 둘러싸인 서재를 바라보니 시선이 닿는 곳마다 추억이 새롭게 떠오른다. 80대 중간을 살고 있는 나는 여전히 서재에서 하루의 대부분을 보낸다. 책 내음 가득히 서려 있는 나만의 공간에서 나는 행복하다.

갓난아기를 위한 할아버지의 기도

나에겐 세 딸이 있다. 첫째는 독일에서 태어났다. 그때 독일에도 남아 선호의 성향이 있었던 모양이다. 쾰른시의 기독병원 분만실 앞에서 새벽부터 기다리고 있던 나에게 오전 11시경에 수간호사가 나오면서 유감스럽다는 듯이 손목을 아래로 까딱하고 지나면서 딸이라고 귀띔해주었다. 잔뜩 긴장했던 나는 침대에 누운 채 입원실로 옮겨가는 아내와 위생보에 싸여 있는 첫 딸을 먼 발치에서 바라볼 수 있었다. 그 순간 말로 표현할 수 없는 묘한 감정이 나를 사로잡았다.

독일에서 산모는 산모 병동에서 무조건 일주일 입원해 있어야 한다. 그래서 그곳을 '일주일 병동Wochenstation'이라 부른다. 드디어 퇴원하는 날이 왔다. 간호사는 상담실에서 아내와 나에게 분유 타기, 귀저기 갈기, 목욕시키기 등 여러 가지 주의사항을 가르쳐주었다. 나는 준비해간 노란 담요로 아기를 감싸 안고 병원 문을 나섰다. 집에 가는 동안에 고작해야 3킬로그램 남짓했을 갓난애가 자칫 깨질 듯한 마음에 그렇게 조심스러웠고 무거웠다. 처음으로 아빠가 되었다는 기쁨과 내 가정과 가족을 행복하게 지켜야겠다는 책임감과 걱정이 교차했다. 그러나 무엇보다도 사랑을 가슴에 품는다는 것이 그렇게 조심스럽고 무겁다는 것을 새롭게 깊이 느낄 수 있었다. 비단 나뿐이랴, 아마 세상의 모든 아버지도 마찬가지일 것이리라.

그날 저녁부터 우리 내외는 처음 하는 아기 목욕 준비에 법석이었다. 아내는 목욕물에 온도계를 띄우고, 샴푸, 파우더, 수건, 옷, 담요를 가지런히 준비해놓았다. 그러나 목욕시키는 것은 내 몫이었다. 아빠의 팔이 누구보다 더 든든하고 편하게 아기의 목 베개가 될 거라는 생각에서 내가 자원했기 때문이다. 머리를 감기고, 얼굴과 몸을 씻겨줄 때, 그 녀석은 나를 보며 때로는 생긋 웃기도 하고 때

로는 울기도 하면서 두 팔과 다리를 물속에서 허우적거렸
다. 그럴 때마다 내 마음속엔 사랑이 출렁이고, 그 녀석이
커가면서 내 사랑도 커져갔다. 베푸는 사랑의 기쁨을 처음
으로 느꼈다.

　첫째 때 그랬듯이 둘째와 셋째 딸의 목욕도 모두 내 몫
이었다. 딸들이 엄마가 되어 산후에 친정에서 몸조리하는
동안에 손주들을 모두 내가 손수 목욕시켰다. 그때마다 어
린 손주를 팔에 안고 마치 세례라도 주는 양 마음으로 건
강과 행복을 기도했다. 그것으로 더없이 가족 사랑의 기쁨
과 행복을 느꼈다. 목욕시키는 장면을 찍은 사진을 내 딸
들은 마치 증명사진인 것처럼 어머니가 된 지금도 지니고
있다. 사느라 분주했기에 자식들을 볼 때면 종종 그들에게
관심과 사랑을 못다 베풀었다는 생각만 들어 미안한 나에
게 이 사진들은 아빠 사랑, 할아버지 사랑의 정표인 듯해
서 흐뭇한 생각과 함께 감사한 마음이 든다.

　아내의 희수喜壽 날에 온 가족이 모여 저녁 식사를 했
다. 장손녀가 대학 합격 통보를 받은 날이었다. 온 가족이
기쁨에 들떠 덕담을 나누었다. 내 품에 안고 목욕시켰던
아기가 벌써 저렇게 커서 대학생이 되었구나 생각하니 세
월의 무상함이 느껴졌다. 나는 독백처럼 중얼거렸다.

"네가 갓난아기 때 목욕시킨 것이 엊그제 같은데 벌써 이렇게 어엿이 대학생이 되다니…."

감회 어린 내 말에 뒤이어 장손녀 아빠인 둘째 사위가 말했다.

"아버님, 이 애가 결혼해서 자식을 낳으면 다시 목욕시켜 주셔야 하니 늘 건강하게 오래 사셔야 합니다. 요즘은 100세 시대라 하지 않아요!"

옆에 있던 막내 사위가 거들었다.

"아버님, 막내 손녀인 제 딸의 아기도 목욕시켜 주셔야지요!"

감사한 말들이었다. 막내 손녀는 이제 겨우 여덟 살, 초등학교 2학년이다. 한편 속으로 계산해보았다. 지금 내 나이 84세, 내가 100세면 막내 손녀는 스물다섯 살이니 빨리 결혼하면 가능할지도 모르지. 누가 아나, 자식들의 축복과 기원이 그대로 이루어진다면 오죽 좋으랴! 그래, 3대에 걸쳐 아기를 목욕시킬 수 있는 것은 이루 말할 수 없는 행복이지. 그때까지 팔에 아기를 안을 만큼 힘이 있으려면 열심히 일하고 운동해야겠다.

작은 친절이 행복을 선사한다

몇 년 전의 일이다. 《삶을 위한 죽음의 미학》을 집필하면서 자료를 찾기 위해 내가 공부했던 쾰른대학을 찾아갔다. 건물이 증축되고 내부 구조도 많이 바뀌었지만, 열람실의 기본 구조는 여전해서 내가 늘 정해놓고 공부했던 단골 책상의 위치를 곧 알아볼 수 있었다.

그 자리엔 독일 여학생 한 사람이 앉아서 열심히 공부하고 있었다. 나는 살며시 그 옆 자리에 앉아서 열람실 서가에서 찾은 자료를 읽거나 때로는 가까이에 있는 복사기로 복사하면서 긴 시간을 보냈다. 옆 자리의 여학생은 아마도 의아함과 호기심에서 백발의 나를 가끔 훔쳐보았다. 유학 시절은 물론 정년 퇴임한 지가 벌써 16년을 훌쩍 넘긴 긴 삶이 주마등처럼 눈앞을 스쳐갔다. 무어라 형언할 수 없는 감회에 빠져 약간은 센티멘털해지기까지 했다.

근현대의 자료는 열람실 서가에서 어렵지 않게 찾을 수 있었으나, 100년이 넘은 고서는 찾을 수 없어 열람실에 있는 안내를 찾아갔다. 그곳엔 한 젊은 사서가 일하고 있었다. 나는 사서에게 가서 도움을 청했다. 그녀는 상냥한 미소를 띠고 내게 물었다.

"무엇을 도와드릴까요?"

"네, 전 한국에서 온 이 교수라 합니다. 지금 책 집필용 자료를 수집하기 위해 들렀는데, 고서들은 찾을 수 없어서 도와주시면 감사하겠습니다."

나는 사서에게 내가 찾으려는 몇 권의 책 제목을 적은 쪽지를 내밀었다. 사서는 내 이름과 학위 논문 제목을 묻고 컴퓨터로 검색하더니 나를 한동안 빤히 쳐다보았다. 그리곤 나직이 중얼거렸다.

"맙소사, 내가 태어나기 전이네! 교수님, 잠깐 여기 앉아 계세요. 제가 할 수 있는 데까지 최선을 다해 보겠습니다. 그러나 장담은 할 수 없네요!"

사서는 여러 곳에 전화하기 시작했다. 여기저기 찾아다니면서 관계 직원들과 상의하는 것 같았다. 한참 후에야 사서는 어디서인지 모르지만 내가 원했던 책들을 가지고 내 앞에 나타나 환한 미소를 띠면서 말했다.

"교수님, 고서는 특별 보관실에서 별도로 관리되고 있어요. 손실되거나 훼손될 위험이 있기 때문입니다. 대출은 안 되지만 필요한 부분을 알려주시면 제가 복사해드리겠습니다."

그러고는 나를 조용하고 쾌적한 자리로 안내해주었다. 나는 제법 긴 시간을 조심스레 책장을 뒤지면서 필요한 부분을 찾아 별지를 넣어 표시해두고 사서에게 책들을 돌려주었다. 사서는 나와 함께 복사실로 가서 흰 장갑을 낀 손으로 조심스레 책장을 넘기면서 제법 많은 양을 긴 시간에 걸쳐 복사해주었다. 그사이에 우리는 많은 이야기를 나눌 수 있었다. 나는 고마운 마음에 저녁 식사에 초대했으나, 사서는 정중하게 선약이 있다고 사양하면서 말했다.

"교수님, 참 신기한 생각이 들어요. 지구 반 바퀴 넘어 한국 대학에서 독문학이 강의되고 있다는 사실 말예요. 더구나 이 대학에서 제가 태어나기도 전에 학위를 하시고, 평생을 독문학 강의와 연구를 해오셨다는 것도요. 정년 퇴임 후에도 여전히 집필 자료를 구하러 모교를 찾으니 감회가 매우 크시겠어요. 저도 작은 도움을 줄 수 있어서 얼마나 기쁜지 몰라요. 혹시 내년에도 오신다면 그땐 꼭 함께 저녁 식사할 것을 약속드리죠. 그러길 기대하겠어요."

감사의 말을 남기고 도서관을 떠났다. 구하려던 자료들을 어려움 없이 얻을 수 있어 여간 마음이 기쁠 수 없었다. 나를 더 기쁘게 한 것은 우연히 만난 한 독일인의 업무에 책임을 다하는 모습이었다. 그뿐만 아니라 낯선 이방인에 대한 친절함과 기꺼이 도울 준비가 되어 있는 성실한 모습에 정말 잊을 수 없이 고맙고 아름다웠다. 다른 사람을 위해, 그리고 자신의 직무를 위해 성실을 다하는 것은 미덕이며, 그 미덕을 경험하는 것이 바로 행복이라는 것을 마음속 깊이 느꼈다. 정말로 행복한 하루였다. 받은 도움에 내가 감사하고 행복했듯이, 베푼 도움으로 그 사서도 내게서 감사를 받고 행복했을 것이다. 행복의 비밀은 자신만이 향유하는 데 있지 않고 다른 사람과 함께 공유하는 데 있다는 것을 새삼 깨달았다. 언젠가 여행이 자유로워지면 그 사서와의 저녁 식사 약속을 꼭 지키고 싶다.

어린이에게 되돌려주고 싶은 고향 생각

사람은 늙으면 다시 어린애처럼 된다고 말한다. 평소에는 기억의 저변에 묻혀 있던 어린 시절의 경험이 어린 손녀들을 볼 때마다 옹달샘 바닥에서 보글보글 방울져 올라오듯이 새롭게 떠오르고, 내 생애의 흐름 속에 한때의 의미를 지닌 흔적으로 남아 있음을 알게 된다.

어린 시절에 대한 기억은 사람마다 다르다. 나에게 유치원 시절의 기억은 흐릿할 뿐이고, 자세히 기억할 수 있는 것은 소학교(지금의 초등학교) 때부터다. 그땐 일제강점기였고, 제2차 세계대전과 일본 패망에 따른 우리나라의 해방과 정부 수립이라는 역사적 격동기였지만, 어리고 철없던 나에겐 이해할 수도, 관심을 가질 수도 없는 것들이었다. 오히려 동심의 세계에서 친구들과 뛰어놀고 가족과 함께 살아가는 것이 더 즐거웠다. 아마도 초등학교 시절 6년이 내 인생에서 가장 호강스럽게 살았던 시기였기 때문일지도 모른다. 지금 나이 들어 되돌아보면 어린 시절의 기억에는 때때로 암울했던 역사적 배경에서 생기는, 이해할 수 없는 불안한 심리 상태를 배제할 수 없지만, 즐겁고 기쁜 것이 내 마음속에 더 많이 자리를 차지하고 있었다.

어머니 손을 잡고 초등학교 입학시험을 치르러 가서 창씨개명한 이름으로 합격했을 때, 일본어 히라가나와 가타카나를 처음 배울 때, 방공연습으로 선생님 호각소리에 따라 방공호로 시시덕거리며 뛰어갔을 때, 동남아전쟁의 승리 기념으로 선물받은 테니스공만 한 고무공을 가지고 뛰어놀 때, 나는 즐거웠으나 나라 없는 서러움을 알지 못했다. 대접, 사발, 수저, 종지, 보시기, 대야, 화로, 촛대 등 놋쇠나 구리로 된 물건을 강제로 빼앗기고 우시던 어머니의 분노에 그저 어리둥절했을 뿐이었다. 전쟁에 지고 섬으로 허둥지둥 쫓겨가는 일본 사람의 비애를 그땐 이해하지 못했고, 거리로 뛰쳐나온 사람들과 함께 환호하며 양손에 작

은 종이 태극기를 높이 흔들며 뛰어다녔으나 해방의 기쁨
보다 호기심 어린 즐거움이 더 컸다.

나라 찾은 기쁨은 우리글을 배우고 쓰는 데서부터 시작
했다. 중학교 때 읽은 알퐁스 도데의 《마지막 수업La dernière
classe》에서는 프로이센·프랑스전쟁에서 패한 프랑스의 어
느 시골 초등학교 선생님이 칠판에 "프랑스 만세… 다 끝
났다…. 돌아들 가거라" 쓰고 마지막 수업을 마친다. 이 작
품에서 나라 잃은 설움, 모국어를 빼앗긴 아픔, 그리고 모
국어의 소중함과 우수함을 비로소 깨닫게 되고, 처음 우리
글을 학교에서 배울 때의 기억이 뒤늦게나마 벅찬 감격으
로 다가왔다.

50명이 콩나물 교실에서 왁자지껄 떠들며 자갈탄 무쇠
난로 위에 얹어놓았던 도시락을 까먹을 때, 열 명씩 조를
짜서 교실, 복도, 화장실을 청소하고 호호 입김을 불어가
며 유리창을 닦을 때, 방과 후에 운동장에 자란 잡초를 뽑
고 나서 친구들과 공놀이를 할 때, 운동회 날 청군 백군으
로 나뉘어 달리고 뛰고 목이 터져라 응원하며 이겼을 때,
소풍 간 날 산길을 거닐며 이름 모르는 예쁜 들꽃 향기를
맡아보고 푸른 하늘에 떠 있는 온갖 모양의 흰 구름을 보
았을 때, 가정방문 오신 담임 선생님이 부모님 앞에서 나

를 칭찬하는 소릴 들었을 때, 나는 기쁘고 행복했다.

냇가 둑길을 따라 모양 좋게 늘어선 버드나무의 실가지가 봄바람에 산들산들 흔들리는 것을 보며 풀밭에 앉아 버들피리를 불고, 들꽃으로 보랏빛 꽃반지를 만들어 서로 끼워주며 동네 아이들과 함께 놀았다. 주말이나 해가 긴 계절의 오후에는 어둑어둑 땅거미가 짙게 내릴 때까지 굴렁쇠 굴리기 경주를 했고, 돌치기, 구슬치기, 딱지치기하며 놀다가 저녁 식사에 늦었다고 혼나기 일쑤였다.

여름방학 때면 냇물에 고기 잡는 유리 어항에 된장을 풀어 넣고 모래무지, 피라미, 붕어, 미꾸라지를 잡기도 하고, 늦가을에는 서녘 하늘이 황금빛으로 물들어갈 때까지 서리해온 콩을 구워 먹으며 가위바위보 놀이에서 진 사람의 얼굴에 검정 재로 수염을 그리고 큰 소리로 낄낄대며 웃어댔다. 냇물이 얼면 동생과 함께 썰매 타러 갔고, 정월 대보름날에는 깡통 속에 불짚을 넣고 철사끈을 매어 불꽃이 사방으로 흩뿌려지도록 허공에 대고 빙빙 돌렸다. 그때가 나는 기쁘고 즐거웠다.

보디가드랍시고 교회에서 합창 연습을 하고 밤에 돌아오는 누님의 손을 잡고 집으로 걸어올 때 누님의 모습은 한없이 정겹고 아름다웠다. 한여름 무더위가 누그러진 어스름한 초저녁에 대문 앞 대청마루에 온 식구가 모여 앉아 모깃불 연기를 맡으며 수박과 개구리참외를 먹으면서 담소를 나눌 때 나는 참으로 행복했다. 형과 둔 장기에서 이겼더니 화난 형에게 꿀밤 맞은 일, 옆 골목에 있는 큰 정자나무 그늘에서 어르신들이 두는 장기에 한 수 끼어들다 큰 꾸지람 들은 것도 잊을 수 없는 추억으로 남아 있다.

즐겁고 아름다운 어린 시절의 기억은 6·25전쟁으로 끝나고, 가난과 고난의 어두운 긴 세월이 시작되었다. 피난길에서 어머니께서 내게 하신 말이 잊히지 않는다. 내가 어머니 배 속에 있을 때 중일전쟁이 일어났고 태평양전쟁이 끝나자 또 전쟁으로 피난길에 오르니 세 번 전쟁을 겪는 꼴이라, 참으로 안타깝다는 것이다.

곳곳이 대도시로 개발된 요즘엔 어릴 적 뛰어놀던 곳은 흔적조차 찾을 수 없고, 그때의 아름다운 정서는 느낄 수 없다. 지금 나는 마치 고향을 잃은 듯 실향민의 우수 같은 것을 느낀다. 고향은 우리의 조상들이 살았고, 우리가 살고 있으며, 우리 아이들이 살아갈 곳으로, 어릴 적 옛 기억이 쌓여 있는 마음의 장소다. 사는 곳을 자주 옮겼다 해도, 어린 시절의 기쁘고 아름다운 경험은 고향의 향토적인 정서로 지금까지 내 마음속에 남아 있다. 마음의 고향은 인생이 끝날 때까지 우리에게서 잊히지 않을 것이다.

긴 세월이 지나갔다. 오늘날의 어린이는 나라 잃은 설움도, 창씨개명이나 모국어를 빼앗긴 수치도, 전쟁의 대참상도 겪지 않았지만 그 대신 AI 시대의 현대 생활은 요즘 어린이에게 나처럼 고향을 마음속에 품을 정서적 여유를 주지 않는다. 어린이는 자연을 벗하는 대신에 스마트폰, TV, SNS 등과 더 가까이 지내는 것 같다. "나의 살던 고향은 꽃피는 산골, 복숭아꽃 살구꽃 아기 진달래…" 같은 동요가 어린이들 입에서 사라져 간다. 아마도 현대인은 마음의 고향을 잃은 채 살고 있는 것이 아닌가 염려스럽다.

요즘 어린이를 볼 때면 자연을 벗 삼아 즐겁고 행복하게 살았던 내 어린 시절의 기억이 새롭게 상기되고, 꿈에도 잊지 못할 어릴 적 고향에 대한 향수를 느낀다. 그리고 비로소 고향의 참의미를 이해하게 된다. 어릴 적 고향에서 살았던 내 모습에서 평화와 순수를 본다. 어릴 적 고향에 대한 향수는 어린아이처럼 순수하고 착한 '참자아'가 되어 집으로 돌아가고픈 소망이다. 자연은 생명의 모태요, 어머니의 품, 어차피 인생은 고향으로 가는 여정이니 자연을 벗한 고향이 있는 사람은 행복하리라.

로또 당첨보다 더 소중한 것

어느 날 오후 산책길에서 아내는 나를 밖에서 잠깐 기다
리게 하고 동네 편의점으로 들어갔다. 나올 때에는 가벼운
미소를 띠고 있었다.

"나 로또 하고 왔어. 엊저녁에 황금돼지 꿈꿨어. 혹시 알
아요?"

"그래! 우리 부자 되겠네. 그 많은 돈은 어떡하지?"

우리 두 사람은 잠시나마 허상 속의 풍요에 미소 지으
며 계속해 걸어갔다. 까맣게 잊고 며칠을 지내던 어느 날
갑자기 아내가 소리쳤다.

"여보, 로또 맞았어!"

"정말?"

내가 놀라서 아내를 바라보았다. 아내는 로또가 생각나서 알아본 모양이다.

"근데 세 개야."

"에이, 그건 본전이야. 그래도 잠시나마 며칠 부자 꿈꾸었으니 본전 이상은 한 거지!"

우린 함께 웃었다.

행복이란 로또 당첨처럼 갑작스럽게 그냥 굴러들어 오는 것이 아니다. 로또 당첨처럼 갑작스러운 횡재는 행운이라 할 수 있으나 행복은 아니다. 오히려 불행의 씨앗이 된 경우가 많이 있다. 로또에 돈을 투자하면서 잠시나마 당첨될 때를 꿈꾸듯이, 많은 사람은 큰 행복을 헛되이 기다리는 동안에 별 탈 없이 지내는 일상의 작은 행복을 등한시한다.

어느 일요일이었다. 막내딸네가 온다고 해서 오후에 불고기 양념을 해두었다. 전날 동창 S의 부고를 받은 터라일요일 저녁 6시에 강남성모병원으로 문상을 가야 했다. S는 평소에 인간은 DNA상으로는 120세까지 살 수 있기 때문에 그 나이까지 살아야 한다고 늘 주장해서 유명했던 친구였다. 지금 그의 나이는 겨우 83세다. 그럴 리는 없겠지만 S는 120세 생존론을 주장하며 죽음이 코앞에 다가왔는데도 죽지 않겠다고 기를 쓰는 노인처럼 '잘 살기'만 생각하고 '잘 죽기'를 소홀히 하지 않았나, 그래서 노인이 되면 절로 버려지고 비워지는 자리에 채워야 하는 내면의 자유와 여유를 등한히 하지 않았나. 이런 생각이 들면서 120세 생존론이 허황하기 이를 데 없었고 그의 죽음은 너무나 허무했다.

그러나 나의 생각은 한낱 기우일 뿐이었다. 문상 온 친구에게 S가 자신의 주검을 모 의대에 기증했다는 사실을 알았기 때문이다. 그랬구나! 그때서야 평소에 삶을 강조했던 그의 뜻을 이해할 수 있었다. 인간은 누구나 죽게 마련이다. 하지만 그는 아마도 죽음을 삶과의 단절이 아니라 살아 있는 생명의 마지막 모습으로, 하나의 분명한 삶의 현실로 보았을지도 모른다. 그래서 '잘 죽기' 위해 '잘 살기'를 강조했는가 보다.

삶에서 죽음을 바라볼 때는 두려움과 공포에 빠져들기 십상인 데 비해서, 죽음에서 삶을 되돌아볼 때 죽음은 삶 속에서 미처 바라보지 못했던 모습을 되살펴보게 해서 삶을 더 성숙하게 한다. 그래야 죽음도 품위 있게 맞이하게 될 것이다. 사는 동안에 의연하고 담담하게 죽음을 맞이하기 위해 삶의 주체로서 존엄을 잃지 않는 것, 사람들과의 관계에서 못다 한 사랑을 베풀고, 용서하고 용서를 빌며, 화해하고, 주변을 깨끗하게 정리하는 것 등, 이 같은 살아 있을 때의 일이 품위 있는 죽음을 맞이하게 하는 것이 아닌가 싶다.

아마도 고인은 이런 깊은 뜻을 알고 120세론을 주장한 것 같다. 뒤늦은 깨달음에 부끄러웠고, 나 자신의 삶을 성찰할 수 있는 기회를 준 것에 감사했다. 친구의 죽음이 주는 허무감과 섞여 '잘 죽기' 위해 잘 살아야 할 삶의 공간이 남아 있다는 것에, 아니 오로지 아직 살아 있음에 감사함을 느꼈다.

집에 오니 손녀가 불고기를 맛있게 먹었다고, 할아버지 사랑한다고 내 가슴에 안겼다. 허무감과 사랑이 교차하는 묘한 기분이었다.

우리는 인간의 호흡처럼, 심장의 박동처럼 끊임없이 반복하는 생명의 리듬에 얼마나 무관심하게 살고 있는가. 사람이 숨을 내쉬고 들이쉬는 순간, 심장이 팽창하고 수축하는 순간, 그것은 생명이 존재하는 최단의 시간으로, 그 순간의 시작과 끝이 인생이 되고, 영원은 그 순간의 영속이다. 죽음은 살아 있는 존재가 자연스럽게 도달하는 마지막 순간의 멈춤이다. 아침에 잠에서 깨어난다. 침상에서 크게 숨 쉬며 기지개를 켜는 순간에 우리에겐 살아서 오늘을 새롭게 맞이하는 것이 이미 큰 축복이고 감사한 일이다. 별일 없이 평범한 오늘을 살아간다는 것, 그것만으로도 우리는 이미 충분히 행복한 것이다.

그러나 누구도 순간의 귀중함도 감사함도, 행복함도 생각하지 못한다. 순간의 행복은 영원한 행복의 시작이기에, 비록 작다 해도 하루의 행복을 느낄 수 있는 사람이라면 결국 평생을 행복하게 살 수 있는 사람이다. 우리에겐 그런 혜안이 필요하다. 그런 사람은 먼 미래를 걱정하기보다는 오늘의 삶에 충실하려고 노력한다.

매일 아침 밥상 차리기는 내 몫이다. 그사이에 아내는 신문을 읽으면서 중요한 기사들을 읽어준다. 점심과 저녁은 아내의 몫이다. 12시 반이면 서재에서 불려 나온다. 오후 4시 반에서 6시 반 사이에 헬스장에서 운동하고, 7시에 저녁 식사를 한다. 11시까지 아내와 함께 TV를 본다. 가장 즐거운 하루의 대화가 이때 이루어진다. 그리고 일요일 오후엔 아내와 함께 양재천으로 산책을 나간다. 이것이 거의 기계적으로 반복되는 하루의 일상이며 우리 내외에게 주는 행복의 프레임이다.

스위스의 법학자 카를 힐티는 그의 대표적인 저서인
《행복론 Glück》에서 말한다.

우리가 불행하다는 것은 우리가 행복하지 않아서가 아니라
행복을 느끼는 감각을 잃어버렸다는 것이다. 우리가 행복
에 중독되어 있거나 내성이 생겨 행복하면서도 그 행복을
느끼지 못하고 있으면 불행한 것이다.

우리는 드문 성취가 주는 큰 행복이 아니라 사소한 것
에서 느끼는 작은 행복을 찾을 줄 알아야 한다. 그래야 오
늘의 무탈함에 감사하고, 나답게 살 수 있는 하루를 선사
받은 것에 행복을 느낄 수 있다. 오늘도 잠자리에 들면서
행복한 오늘에 감사 기도를 한다. 곧 우리 삶이 저물고 있
으니 이 세상 끝내는 날 '행복한 인생에 감사하다'는 작별
의 말을 남길 수 있도록 열심히 살아야겠다.

내가 아는 행복의 묘약

우리는 누구나 행복하게 살길 원하지만, '무엇이 행복한 삶인가'라고 묻는다면, 그 대답은 얼른 생각이 나지 않는다. 왜냐하면 어떤 삶이 우리를 행복하게 하는가를 알고 오늘을 사는 사람은 드물기 때문이다. 매일처럼 지루한 삶이 끝없이 반복된다고 생각하면, 그 삶에는 생명의 활기뿐만 아니라 우리 삶을 행복하게 하던 많은 즐거움이 모두 다 사라진 것처럼 느껴질 것이다. 그렇다면 우리에게서 정말로 사라진 것은 무엇일까? 그것은 우리를 행복하게 만드는 즐거움 그 자체가 아니라 즐거움을 느끼는 감각이다.

사람들은 삶의 즐거움을 누리면서도 오랜 내성에 중독되어 막상 즐거운 일을 하면서도 즐거움을 못 느끼고 있다. 그래서 누구나 마찬가지로 행복을 느끼지 못하는 까닭은 행복에 꼭 필요한 결정적인 요소, 즉 지금의 내 삶에 만족하는 마음을 잃어버렸다는 것이다. 그것은 바로 '나' 나름대로 생활양식을 유지시키는 필수 요소, 다시 말해서 나를 남과 다른 존재로 만들어주는 삶의 '독창성'이다. 이런 삶을 사는 자에겐 행복을 가져다주는 즐거움이 있다.

헬스장에서 50대 후반으로 보이는, 근육은 40대 같은 남성이 40대 중반으로 보이는 두 여성과 함께 열심히 운동하는 것을 호기심 있게 보았다. 시간이 지나면서 그들과 차를 함께 마시며 대화할 시간을 가질 수 있었다. 놀랍게도 그 남성은 74세이고 두 여성은 모두 환갑을 넘긴 노인이었다. 그들은 보디빌딩 친목 모임의 회원으로서 취미 활동으로 매일 절제된 식사와 운동으로 할머니 할아버지 나이에 40~50대 젊음의 아름다움을 유지하고 있었다. 밝은 표정에서 강한 정신력과 자신감이 풍겼고, 자기 나이를 뛰어넘는 젊음의 건강미에서 기쁨과 행복을 보았다.

하루는 거실의 고장 난 형광등 안정기를 갈려고 관리사무소에 도움을 청했다. 경상도 말씨의 온화한 느낌의 기사한 분이 들어오면서 서재를 흘끗 바라보며 거실로 갔다. 인사차 말을 건넸다.

"어서 오세요. 처음 뵙는 것 같은데요."

"온 지 2개월 됐어요. 근데 그 연세에 책을 보세요? 교수님이세요?"

이렇게 우리는 대화를 시작했다. 그는 경제학과를 나온 후 중앙부서에서 공무원으로 일하다가 은퇴했고, 노후를 위해 전기기술을 2년간 배워 기사 자격증을 취득해서 지금 제2인생을 살고 있다고 했다.

안정기를 교체하면서 옆에 서 있는 나에게 마치 선생님처럼 자세히 설명해주는 것이 생소했지만 교양 있어 보였다. 장성한 자식들은 쉬라 하지만, 그것은 받는 행복이지 자신이 찾은 행복이 아니기 때문에 일할 수 있을 때까지 일하고 싶다고 했다. 지금 이렇게 고장 난 전등을 고쳐주듯이 아주 하찮은 것이어도 사회에 기여한다는 사명감을 갖고 일하며 살아간다면 그것이 행복 아니겠냐고 동의를 구하듯 물었다. 분명한 '삶의 목적'을 가지고 자신이 해야 할 일을 하며 행복을 찾아 사는 그가 부럽고 존경스러웠다.

사람은 행복하다고 해서 늘 좋고 기쁜 것만은 아니다.

모든 사물에는 그림자가 있듯이 행복에는 불행이, 성공에는 실패가 따른다. 하지만 더 중요한 것은 행복이 뒤따라오지 않는 불행이란 없으며, 성공이 따르지 않는 실패란 없다는 것이다. 다만 불행과 실망이 주는 고통을 견디는 자여야 한다. 그런 자만이 행복을 경험하게 된다. 그런데 그 행위의 주체는 '나'이기 때문에 행복을 다른 어느 곳에서 찾기보다는 오직 '나'의 마음속에서 찾아야 한다.

아리스토텔레스는 "행복은 자기만족"이라고 정의했다. 여기서 의미하는 자기만족이란 자신의 운명에 만족하며 일상의 삶에 최선을 다하고 하루의 작은 성취에 감사하는 데서 오는 마음의 상태에 있다. 오늘의 작은 내 행복이 이웃의 행복과 합쳐지고, 그렇게 이어지고 모이면 사회와 나라의 행복이 된다. 행복이란 공유하는 데서 더 커진다.

독일에서는 교수를 '전공 바보Fachidiot'라 부른다. 자신의 전공에만 몰두해서 그 밖의 일은 모르는 사람을 일컫는다. 바로 나보고 한 말 같다. 지금도 나는 모든 것을 아내에게 맡기고 의지하며 살고 있으니 참에고이스트이고, 아내에게 늘 미안할 뿐이다. 그 덕분에 나는 내 서재에서 매일 내가 하고 싶은 일을 하며 즐겁게 보낼 수 있다. 정년 후에 세 권의 책을 출간하는 기쁨도 맛보았다. 매일의 오늘에 만족할 수 있어 행복하다. 덤으로 건강해서 감사하다.

주변에는 고난과 고독에 시달린 듯 고달픈 삶의 그림자가 서린 모습으로 나이보다 훨씬 늙어보이는 사람이 많다. 그런 반면에 여든 살에 시를 발표하고 아흔 살에 서예전시회를 여는 등 평생 해온 일을 계속하며 자기다운 인생의 의미를 찾는 사람, 크고 작은 모임을 위해 일하면서 인간관계를 결속시키며 풍부한 유대감을 가지고 바쁘게 시간을 보내는 사람, 신념을 가지고 사회에서 내가 해야 할 일을 찾아 삶의 목적을 끝까지 사명감을 갖고 실천하는 사람도 있다. 이런 사람들은 사고나 행동이 개방적이고 진취적이며, 매사에 긍정적이고 작은 것에 감사할 줄 아는, 한마디로 말해서 '나 나름대로 살 줄 아는 사람들'이다. 신기하게도 이들은 모두가 나이보다 훨씬 젊고, 생기 있고 행복해 보인다. 행복하다는 것은 자기의 본성대로 살다가 죽는 것이 아닌가 싶다.

사랑이 깃든 선물은 행복을 싣고 온다

선물은 다른 사람에게 감사의 마음을 전하는 수단이기에 보내는 사람이나 받는 사람 모두를 기쁘게 한다. 그러나 꼭 그렇지만은 않은 것 같다. 언제부터인지는 잘 모르겠으나 요즘 아이들은 내 생일 때나 명절에는 현금으로 주고, 나 또한 그들에게 그렇게 한다. 아마도 선물 중 가장 편하고 좋은 것은 현금이고, 누구나 선물을 현금으로 주고받을 때 제일 좋아하는 것 같다. 그때마다 현금으로 대신하는 선물 관행이 선물이 지닌 본래의 의미를 훼손하는 것 같아 좀 씁쓸한 기분이 들곤 했다.

그뿐만이 아니다. 때로는 다른 사람에게 분에 넘치는 값진 선물을 받을 때면 기쁘기보단 부담스러워지고, 그 선물의 의도를 의심하게 된다. 또한 값의 고하를 떠나서 지나치게 성의가 없는 선물은 어쩐지 불쾌하고 받지 않은 것만 못할 때가 있다.

한 제자의 결혼식에 주례를 서준 기억이 잊히지 않는 데에는 이유가 있다. 그가 제법 알려진 기업을 경영하는 여유 있는 집안의 아들이란 것을 뒤에야 알았다. 그는 신혼여행을 다녀와 인사차 들렀을 때 포장도 없이 비닐에 넣은 그대로 버버리 티셔츠를 책상 위에 놓고 가면서 공항에 있는 명품점에서 샀노라고 말했다. 그는 선물의 값만을 생각하고 선물을 전하는 자신의 정성이나 예의를 잊은 것 같았다. 몹시 불쾌했다. 난 그것을 다시는 건드리지 않았다.

선물은 값보다 선물에 깃든 정성에 가치가 있다. 그래야 비로소 선물은 값으로 계산할 수 없는 감사와 사랑의 표현이 된다. 나는 정년을 앞두고 대학원에서 강의한 원고를 모아 《하이너 뮐러 문학의 이해》란 책을 출간했다. 마침 쾰른에서 알고 지냈던 아내의 친구가 우리집을 방문했을 때, 나는 그 책을 나의 지도교수에게 보내달라고 그녀에게 부탁했다.

얼마 후에 뜻밖에 지도교수로부터 전화가 왔다. 그분이 책을 어찌나 정성스레 포장해서 보냈는지, 감사해서 식사에 초대했다는 말이었다. 그리고 책에 대한 감사의 말도 잊지 않았다. 나 역시 그녀에게 즉시 전화해서 감사와 기쁜 마음을 전했다. 분명 겉치레한 포장 때문이 아니라 그녀의 정성이 소박하지만 은사를 생각하고 존경하는 제자의 마음을 전하기에 충분했고, 또한 받는 이의 마음을 기쁘게 했기 때문일 것이다. 자기 책이 아님에도 불구하고 마음을 다해준 그녀의 정성은 선물하는 사람이나 받는 사람 모두에게 선물이 지닌 가치보다 더 큰 감사의 마음을 갖게 했음이 분명했다.

내 아내는 생일날에 초등학교 1학년인 막내 손녀에게서 A4용지 크기의 캔버스에 그린 초상화를 선물로 받았다. 그 녀석은 제법 진지한 표정으로 할머니를 기쁘게 해드릴 선물이 무엇인가 생각한 끝에 초상화를 그리기로 했다고 말했다. 그림 속 아내의 모습은 웃음을 자아내게 했지만 아내는 가장 귀중한 선물인 양 그림과 손녀를 가슴에 꼭 껴안았다. 지금도 아내는 그 그림을 침대 옆 탁자 위에 세워놓고 오가며 볼 때마다 미소를 머금고 지나간다. 그 그림은 사랑의 징표이며, 기쁨과 행복을 주는 선물이 되었다.

선물의 진정한 의미를 극적으로 말해주고 있는 유명한 이야기가 있다. 우리에게 잘 알려진 오 헨리의 단편 〈크리스마스 선물The Gift of the Magi〉이다. 주인공인 짐과 델라는 너무나 가난하지만 세상 누구보다도 더 큰 사랑을 가슴에 지닌 부부다. 사랑하는 이를 기쁘게 할 크리스마스 선물을 마련할 돈이 없기에, 델라는 자신의 머리를 잘라 팔아서 가보처럼 남편이 아끼는 시곗줄을 사고, 짐은 그 시계를 팔아 델라의 아름다운 머리카락을 위해 예쁜 빗을 산다. 이들 부부는 서로에게 가장 아끼는 소중한 물건을 팔아서 가장 쓸모없는 선물을 산 꼴이 되고 만다. 하지만 두 사람에게 이 물건들은 세상에서 무엇보다 귀중한 사랑의 선물이 되고, 그들은 눈물 어린 행복한 미소를 짓는다. 사랑하는 영혼만이 행복을 불러올 수 있기 때문이다.

선물은 물건의 값이 아니라 선물하는 사람의 마음과 정성이 그 가치를 결정한다. 사람들은 비싼 것보다는 받을 사람이 좋아할 만한 것이 무엇인지 오래 고민한 흔적이 보이는 선물을 받고 싶어 한다. 선물한다는 것은 가장 좋아해서 간직하고 싶어 하는 것을 다른 사람에게 주는 것이고, 주는 사람이나 받는 사람을 감사와 사랑의 마음으로 엮어주고, 동시에 축복과 행복을 함께 불러일으키기 때문이다. 오 헨리의 '사랑의 선물'처럼 행복이란 가장 귀중한 것을 자신이 가지고 있지 않고 다른 사람에게 줄 수 있는 유일한 것이 아닐까? 사랑의 선물은 행복을 싣고 온다.

행복을 찾아서

산 너머 저 멀리 걸어가면
행복이 있다고 사람들은 말하기에

아, 나도 남들을 따라갔다가
눈물만 흘리고 돌아왔네.

산 너머 멀고 더 먼 저 너머에
행복이 있다고 사람들은 말하네.

(카를 헤르만 부세, 1872~1918)

독일의 시인 부세의 이 시는 독일보다 일본과 우리나라에 더 많이 알려져 있다. 이 시는 행복은 내가 있는 곳에 있지 않고 저 산 너머 알 수 없는 먼 곳에 있다고 말한다. 우리는 매 순간 하루하루 행복하길 원하며, 그 욕망을 이루려고 끊임없이 노력한다. 그럼에도 넘고 또 넘어야 할 산 오름의 고달픔만이 있을 뿐, 행복을 찾지 못한 것에 상처를 받고 좌절한다. 이런 현실은 고통일 뿐 결코 행복이라 말할 수 없다. 도대체 행복은 어디에 있는 것일까.

행복에 대해서 말할 때, 우리는 대체로 물질적 풍요와 안일을 생각한다. 행복을 경제적으로만 생각한다는 것이다. 현대사회에서 공부 잘해서 좋은 대학 가고, 좋은 직장, 집, 배우자를 얻고, 재산도 증가해서 부유하고 건강하게 살면 사람들은 대체로 그것이 행복한 삶이라고 말한다. 그런 사람들 가운데에는 행복이 예기치 않은 우연이나 신 덕분이라고 여기는 사람도 있지만, 대부분은 자신이 행복을 이룰 수 있는 어떤 소질이나 능력을 가지고 있다고 생각한다. 그래서 그들은 자신의 능력을 더 많이 발휘해서 더 크게 성공하고, 더 행복해지려고 애쓴다. 하지만 행복해지려는 인간의 욕망은 끝이 없기 때문에, 욕망이 하나 달성되면 그때의 행복감은 시간이 가면서 별것 아니게 느

꺼지고 다시 불만이 생긴다. 그런 과정에서 자신의 행복을 타인의 행복과 비교하고, 자신을 불행하게, 다른 사람을 더 행복하게 보는 우愚를 범한다. 부족함을 느끼는 건 삶의 동력이 되기도 하지만, 그것이 내면화되면 정신을 갉아먹는다. 그래서 빅터 프랭클은 《죽음의 수용소》에서 성공과 행복의 상관 관계를 이렇게 말했다.

성공을 목표로 삼지 말라. 성공을 목표로 삼고, 그것을 표적으로 하면 할수록 그것으로부터 더 멀어질 뿐이다. 성공은 행복과 마찬가지로 찾을 수 있는 것이 아니라 찾아오는 것이다. 행복은 반드시 찾아오게 되어 있으며, 성공도 마찬가지이다. 그것에 무관심함으로써 저절로 찾아오도록 해야 한다.

성공해서 행복을 찾으려는 데 연연하지 말고 이것들이 저절로 찾아오도록 마음의 준비를 해야 한다는 것이다. 그러면 행복이 저절로 찾아오는 마음의 상태란 어떤 것이며, 진정한 행복이란 무엇이냐는 질문이 생긴다. 이것은 결국 행복의 진정한 의미를 어떻게 인식할 수 있느냐는 질문이기도 하다.

행복은 개념이 아니라 행복하다고 느끼는 마음의 상태, 즉 기분이다. 그런데 행복하다는 느낌은 절로 생기는 것이 아니라 반드시 우리가 긍정적으로 올바르게 평가하는 '삶 속의 어떤 가치 있는 것'을 매개로 해서 생긴다. 따라서 그것들이 없으면 우리의 삶은 행복할 수 없다. 즉, 삶에는 우리에게 행복감을 주는 어떤 가치 있는 대상이 있다는 것이다.

사람들은 종종 돈, 명예, 권력처럼 자신을 행복하게 해주리라 생각하는 목표를 추구하지만, '삶 속의 어떤 가치 있는 것'을 인식하지 못하면 그들이 추구한 행복이란 단지 어리석은 쾌락이나 만족, 그리고 경솔한 재미로만 채워진 삶에 지나지 않는다. 그러므로 그들의 행복한 느낌은 공허한 것으로 순간에 그친다. 인간의 삶에는 물질적 행복보다 더 큰 무엇이 행복감을 불러일으키는 데 중요하게 작용하기 때문이다.

미국의 긍정심리학자 에밀리 에스파하니 스미스는 그의 저서 《어떻게 나답게 살 것인가The Power of Meaning》에서 물질적 행복보다 더 중요한 것은 '삶의 의미'라고 강조한다. 인간은 꼭 행복해야 한다는 강박관념 속에서 살고 있지만, 행복은 왔다가 사라지곤 하기 때문에 작가는 '행복을 좇지 말라'는 파격적인 메시지와 함께 행복의 강박관념에서 벗어나 '삶의 의미'를 추구하라고 강조한다. '삶의 의미'는 어떤 상황에서도 흔들림 없이 '나답게 사는 삶'을 지탱해주는 힘이 된다는 것이다. 따라서 '삶의 의미'를 찾는 것은 물질적 행복보다 더 우리의 삶을 충만하게 이끄는 정신적 행복을 찾는 것이라고 강조한다. 삶의 의미를 추구하는 이는 행복의 길이 물질적 소유의 성공과 같은 방향으로만 나 있는 게 아니라 '나답게 사는 삶의 의미'를 향해 나 있다는 것을 안다.

따라서 행복이란 우리가 '삶의 의미'를 어떻게 보느냐에 달려 있다. 결국 어떤 마음가짐이 우리에게 행복을 불러일으키냐는 것이다. 그것은 '지금의 삶에 만족하는 마음', '감사하는 마음', '사랑을 베푸는 마음'이란 세 전제를 행복의 필수 조건으로 품고 있다고 생각해본다.

"비교한다는 것은 행복의 끝이요, 불만의 시작"이라고 쇠렌 키르케고르가 말했듯이, 행복의 척도를 다른 사람에게 둠으로써 늘 스스로 불행하다고 여기는 경우가 흔히 있다. 그런 사람에겐 욕망과 불만은 끝이 없고, 행복의 욕구가 클수록 평범한 일상은 더욱 초라해지고 열패감은 깊어질 뿐이다. 불행한 것은 바로 자신이 행복하다는 것을 모르기 때문이다. 하지만 삶의 의미를 찾아 나답게 살아가려는 사람은 스스로 존중할 수 있는 고상한 인격과 품위를 가지고, 자신에 부끄럽지 않은 삶을 산다. 그런 삶을 사는 사람에게 행복은 스스로 찾아오게 마련이다.

모든 사람은 생각하고 살아가는 방법도, 행복을 추구하는 방법도 달라서 모두가 똑같이 행복하다고 할 수 없다. 하지만 앞에서 이미 언급했듯이, 모든 사람이 행복해질 수 있는 공통된 요인은 최소한 다음의 두 가지 관점에서 설명될 수 있다. 즉, 행복은 큰 성공보다 일상의 작은 성취에서 찾아야 하고, 사소한 일상의 삶에 만족하고 감사하고 사랑을 실천하는 데 있다는 것이다.

코로나19 대유행은 1년 이상 우리에게 고통과 불행을 주었고, 모든 것을 이기적 생존 방식으로 바꾸어놓았다. 다행히 최고의 백신은 아픔을 치유하는 돌봄과 배려, 고통을 행복으로 바꾸는 사랑의 실천 같은 이타적 생존 방법이라는 것을 우리는 알고 있다. 실제로 서로가 사랑을 나누며 함께 행복해지려는 공동의 노력이 다양하게 나타나고 있다. 오늘의 건강, 메신저 앱으로나마 나누는 친구들과의 대화, 라면 한 그릇의 맛, 격리된 공간에서 누리는 조용한 사색, 그리고 홀로 내면의 나를 볼 수 있는 경험 등 일상의 것에 행복해할 수 있다면, 지금 코로나19가 우리를 짓누르고 있는 고통은 내일의 행복을 위한 희망의 씨앗이 아닐까.

제4장

모든
존재하는 것에는
고통이 있다

"고통에는 변화를 창조하는 위대한 힘이 숨어 있다."

인생은 고통에서 양분을 얻는다

"인생은 고통에서 양분을 얻는다."
독일의 시인 프리드리히 횔덜린의 말이다. 인생은 고통의
길이고, 인간은 고통의 경험을 통해서 성숙해진다는 것이
다. 고통은 끝없는 욕망의 산물이다. 욕망을 충족하려면
채움의 고통을 감내해야 하지만, 욕망을 버리려면 비움의
고통을 감내해야 한다. 시간은 삶으로 채워지는 영원한 빈
공간이니 우리의 삶은 비움과 채움으로 반복되는 고통의
연속이라 할 수 있다. 그렇게 보면 고통이란 인간이 살면
서 치러야 하는 삶의 대가인가 보다. 인간이 살고 있다는

것은 고통에 시달리는 것이고, 오래 살려는 욕망이 크면 클수록 더 큰 고통에 시달리며 살아야 하지 않나 싶다.

릴케는 조상들의 역사를 큰 산속에서 "잘 연마된 태초의 고통덩어리, 혹은 오래된 화산에서 흘러서 그대로 화석이 된 분노"를 캐내는 광산업에 비유했다. 인간의 삶이 근원적으로 고통과 함께 시작했으며, '고통은 현존재의 원석'으로서 여전히 우리 인생에 존재한다는 것을 암시한다. 그런데 인간이 숙명처럼 자신의 모든 고통을 받아들여야 한다면, 문제는 그 고통을 어떻게 받아들이고 극복하기 위해 노력하느냐는 것이다. 그에 따라서 고통은 인간의 삶에 때로는 파괴적 힘으로, 때로는 변화의 힘으로 작용한다. 그 선택은 전적으로 우리 각자에게 달려 있다. 왜냐하면 인간은 고통을 어떻게 받아들일 것인가를 선택할 수 있는 자유와 권리를 가지고 있기 때문이다.

인간의 삶에는 크게 두 가지 고통이 있다. 그 하나는 병, 가난, 고역 등 육체적 고통이고, 다른 하나는 절망감, 열등감, 고독감과 이것들에서 생기는 우울증 같은 정신적 고통이다. 전자는 정신적 고통을 유발하는 원인이 되기도 하고, 후자는 육체의 병적 증상으로 나타나기도 하기 때문에 이 두 가지 고통은 불가해한 상호작용 관계에 있다. 몸이 아프면 마음도 상처를 받게 되고, 마음이 상처를 받으면 몸도 아프게 된다는 것이다.

그런데 육체적 고통은 물리적 수단으로 완화 내지는 치유될 수 있지만, 정신적 고통은 그것으로써 일시적으로 완화될 수는 있겠으나 그 상처는 원래대로 회복되기 어렵다. 더구나 육체적 고통에 비해서 정신적 고통은 당장 눈에 보이는 것이 아니기 때문에 치유의 가능성은 더 어렵고, 그만큼 고통의 극복을 위한 자신의 노력이 절실하다. 때문에 우리는 고통을 정신적으로 극복함으로써 인간의 삶을 발전시키고 성숙하게 하는 자양분이 될 수 있도록 노력해야 한다.

사람은 고통을 통해서 책에서 얻을 수 없는 지혜를 배운다. 괴테는 《빌헬름 마이스터의 수업시대 Wilhelm Meisters Lehrjahre》에서 하프 치는 노인의 노래를 통해서 말했다.

눈물 없이 빵을 먹어보지 못한 자,
근심에 찬 밤들을
울면서 지새워 보지 못한 자,
그는 그대들을 알지 못하리, 천상의 힘들이여!

우리 인간들을 삶으로 인도하는 그대들

이 가난한 사람을 죄인으로 만들어놓고서

또 괴로움에 시달리게 하는구나!

그래, 모든 죄는 이 지상에서 그 업보를 치러야지!

(제2권 13장 중에서)

'천상의 힘들'이란 인간으로 하여금 온갖 고통을 감내하게 하고 '인간을 삶으로 인도하는' 힘으로, 바로 인간이 지상에서 '업보'처럼 시달리며 치러야 하는 고통을 통해서 얻는 지혜를 말한다. 그 지혜로 인간은 고통을 무의미한 것으로 받아들이지 않게 된다. "눈물 없이 빵을 먹어보지 못한 자, 근심에 찬 밤들을 울면서 지새워 보지 못한 자"는 고통의 의미를 이해할 수 없는 자이고, 해서 고통이 삶의 질을 결정하는 데 영향을 준다는 것을 이해하지 못한다는 것이다. 결국 인간은 고통을 통해서 발전하고 성숙하게 된다는 것이다.

이 같은 인간이란 고통의 긍정적이고 창조적인 의미를 알고 있는 자들이다. 고통은 인간을 파괴하지만, 고통을 인내하는 자에 의해서 파괴된다. 고통을 피하려고 아무런 도전도, 노력도 하지 않는 사람에겐 어떤 변화도 발전도 일어나지 않는다. 이들은 실패나 실수가 무엇인지 알지 못할뿐더러 고통이 무엇인지도 모르는 '어리석은' 사람이다. 하지만 고통의 의미를 알고 인내할 수 있는 자는 자신의 '어리석음'을 느끼게 될 때 비로소 더 이상 바보가 되길 멈추고 진짜 인간이 될 수 있다.

사람은 고통을 겪으면서 절로 종교적으로 변한다. 그리고 종교는 고통을 삶의 의미를 찾기 위한 교육적 수단으로 설명한다. 유교의 전통적 도덕주의는 선과 악, 행복과 불행은 인간의 행동에 따라서 일어난다고 가르친다. 죄 없는 사람에게 고통을 가져다주는 자는 악한 바보이고, 덕행으로 스스로 고통을 감내하는 자는 현자라 가르친다.

불교에서 붓다는 모든 인간의 체험은 만족할 줄 모르는 욕구 때문에 생기는 아픔이라 설교한다. 그리고 모든 불행은 악행에서 오므로, 고통은 결코 죄가 없는 것이 아니라 현세나 전생의 삶에서 있었던 악행의 인과성에서 생긴다는 것이다. 때문에 고통을 당하는 자는 그들의 합당한 벌을 인내심 있게 견뎌야 하며, 앞으로 죄를 짓지 말아야 한다는 것이다.

성경의 《구약성서》는 고통의 원인에 대해 묻는다. 고통은 낙원에서 추방된 후에 일어난 인간의 크고 작은 죄에서 시작한다. 그래서 모든 인간은 죄에 대한 야훼의 벌로서 고통을 당해야 하지만, 고통을 통해 자기 죄를 인식하고 정화의 길을 찾아갈 때 구원을 받는다는 고통의 교의적 의미가 강조되고 있다. 그럼으로써 인간은 고통을 신의 시험으로 관찰한다.

〈욥기〉는 이런 고통의 문제를 주제로 다루고 있다. 신은 욥에게 엄청난 시련을 주고 악마는 유혹하지만, 욥은 절대적 신앙으로 모든 고통을 감내한다. 〈욥기〉는 전능한 신을 찬미하는 욥의 진술로 끝난다. 신의 위대함은 욥처럼 인간으로 하여금 고통에 직면해서 묵묵히 인내하게 한다. 왜냐하면 "장차 우리에게 나타날 영광에 비추어보면 지금 우리가 겪고 있는 고통은 아무것도 아니라고 생각"(「로마서」 8:18)하기 때문이다. 고통은 욥처럼 인간에게 겸허한 마음으로 침묵하고 인내하며 사랑할 것을 가르친다.

〈욥기〉에서 보듯이 종교적 인간은 언제나 고통 속에서 시험받는 인간이고, 고통은 인간을 시험하고 신앙을 단련시키는 수단으로 인식된다. 대체로 사람은 고통에서 벗어나고 싶어 하지만, 고통의 의미를 이해한 인간은 고통을 기꺼이 받아들인다. 그런 인간은 행복이 아니라 오히려 고통에서 삶의 의미를 인식하고 자신을 변화시킬 수 있기 때문이다.

니체는 고통, 오류, 열등감 같은 "장애와 난관은 우리가 밟고 높이 올라가는 단계들"이라고 말했다. 인생에서 고통은 바로 우리의 깨우침에 작용하기 때문이다. 인간이 고통을 당할 때, 이지적인 자는 고통의 의미를 생각하고 그 극복 가능성을 찾으려고 노력하지만, 어리석은 자는 '누가 나를 괴롭혔는가'를 묻는다. 따라서 고통은 어리석은 자를 더 어리석게 만들지만, 이지적인 자는 고통으로 더 현명해진다.

이렇듯 고통은 현명한 자에겐 삶을 위한 교훈의 보고가 될 수 있다. 인간의 삶이 고통에서 벗어날 수 없는 것이라면, 차라리 고통을 의미 있는 것으로 받아들일 수 있어야 한다. 그럼으로써 고통에서 기쁨, 행복, 사랑의 감정을 느낄 수 있어야 한다. 고통을 이 같은 감정으로 승화시키는 것, 그것이 고통이 인간에 작용하는 가장 위대한 변화의 힘이다. 고통 없이 어떤 인격도 형성되지 않는다. 인간의 삶도 성숙해질 수 없다. 프란츠 카프카는 말한다.

고통은 운명의 보이지 않는 채찍이고, 사회적 발전에 가장 효과적인 자극을 가지고 있다. 그러니 우리 주변에 있는 모든 고통을 우리는 감내해야 한다.

인격은 고통을 통해서 형성되고, 인생은 고통에서 양분을 얻는다.

"죽기도 하는데 이까짓 것이 뭐라고"

6·25 때 큰누님과 나와 동생은 친척의 도움으로 계룡산에 있는 신원사 근처의 한 암자로 피난 갔다. 부모님은 소식 없는 맏형을 기다리기 위해 작은 형과 막냇동생과 함께 대전 집에 머물기로 했다.

신원사에서 암자까지 족히 1킬로미터에 이르는 약 4미터 폭의 오솔길 양쪽에는 아름드리나무들이 서 있고, 그 가지들이 녹색의 터널을 이루고 있었다. 산기슭에 있는 계곡에는 물웅덩이가 있어 낮이면 수영하며 놀곤 했다. 그런데 어느 날 갑자기 수군거리는 소리가 들렸고, 사뭇 긴장된 분위기를 느꼈다. 알고 보니 인민군이 왔다는 것이다. 약간 두렵기도 했으나 호기심에서 신원사로 뛰어 내려갔다. 그곳에서 인민군 10여 명과 스님들이 이야기하는 것을 보고 돌아왔다. 오후에 인민군들이 오솔길 양쪽 나무 아래에서 야영한다는 소릴 들었다.

그날 늦은 오후에 장교와 위생병 두 사람이 우리가 머물고 있는 암자의 툇마루에 앉아 있었다. 그 장교는 나를 보고 미소 지으면서 옆에 앉으라고 손짓했다. 약간 겁나기도 했으나 어쩔 수 없이 함께 앉았다. 그는 내 이름과 나이와 부모에 관해서 몇 마디 묻고, 중얼거리듯 나직이 말했다.

"학생 같은데… 빨리 전쟁이 끝나서 공부하게 되어야 할 텐데…. 열심히 하거라!"

무장한 군인답지 않게 선생님같이 부드럽고 친절한 목소리였다. 그는 신발을 벗었다. 양말 대신 발을 싼 광목 같은 흰 천을 펼치니 맨발이 보였다. 발바닥은 크고 작은 물집투성이었다. 그는 아파서인지 발바닥을 호호 불다가 위생병에게 수술용 메스를 달라고 말했다. 그는 잠시 망설이다가 이내 물집을 메스로 터뜨리며 중얼거렸다.

"에잇, 총 맞고 죽기도 하는데 이까짓 것이 뭐라고…."

그러고 나서 그는 웃으면서 나에게 말했다.

"학생, 죽는다고 생각하면 못 할 게 뭐 있겠어! 그런 의지와 용기만 있다면 큰 사람 되는 것도 문제없지."

계속해서 그는 독백처럼 나직이 혼자 중얼거렸다.

"문젠 나야, 나. 나와의 싸움이지, 살기 위해서 말이야."

이어서 위생병이 간단한 치료를 해주었다. 그 장면을 그저 멍하니 바라보고 있던 나는 무어라 표현할 수 없는 충격과 감명을 받았다.

그날 저녁 땅거미가 일기 시작했을 때, 낮에 보았던 위생병이 나와 내 동생을 데리러 왔다. 낮의 그 장교가 우리를 미소로 맞이해주었다. 나는 그곳의 진풍경에 놀랄 수밖에 없었다. 나무 둥지 밑엔 양담배, 초콜릿, 껌, 비스킷, 캔디, 비누 등 미군 군수품인 듯한 물건이 수북이 쌓여 있었고, 인민군들은 야영 준비를 마치고 삼삼오오 모여 쉬고 있었다. 그 장교는 우리를 그들 앞에서 소개한 후에 뜻밖에도 남조선 애국가를 불러보라는 것이었다. 무서웠으나 어쩔 수 없었다. 〈애국가〉와 〈오빠 생각〉, 〈푸른 하늘 은하수〉 같은 노래 몇 곡을 불렀다. 그 장교는 우리에게 한보따리 맛있는 선물을 싸 주었다. 이튿날 아침에 가보니 그들은 흔적도 없이 사라져 버렸다.

이로부터 10여 년이 지난 10월의 늦가을에 나는 독일의 쾰른에 도착했다. 대학 근처의 한 기숙사 지하에는 학기 초에 이동하는 학생을 위한 공동 숙소가 있는데, 나는 유학 중인 대학 동창의 도움으로 이층 침대의 윗자리 하나를 얻을 수 있었다. 시내 지리도 잘 모르고 차도 없기 때문에 방을 구하기가 정말 어려웠다. 열흘째 되는 날 밤에 몹시 지쳐서 깊은 잠에 빠져들었다.

나는 죽느냐 죽이느냐의 전선에서 그 인민군 장교와 함께 서 있었다. 그는 내 어깨 위에 손을 올려놓고 나직이 말했다.

"저 앞엔 사방에 죽음이 매복해 있지. 그래도 나는 앞으로 나가야만 해. 죽을 각오와 앞으로 나갈 용기만 있으면 두려울 게 없지. 그래야만 살 수 있는 거야."

그는 나를 보고 씩 웃으면서 내 어깨를 서너 번 토닥거린 후에 허리를 굽히고 앞을 향해 뛰어나갔다. 먼 앞쪽에선 조명등에서 터져 나오는 눈부신 섬광처럼 강렬한 빛줄기가 큰 원형을 이루면서 그의 주위를 하얗게 비추었다. 그는 그 빛 속으로 뛰어가면서 점점 작아지더니 작고 까만 점처럼 사라지고, 급기야 하얀 섬광만이 내 눈앞에서 눈부시게 빛나고 있었다.

창을 통해 비치는 하얀 불빛에 잠을 깼다. 팔목으로 눈을 가리고 계속 잠을 청했지만 잠이 오질 않아 밖을 바라보았다. 나를 하얗게 비치고 있는 것은 둥근 가로등이 아니라 대보름달이었다. 그 순간 왈칵 눈물이 솟아났다. 그냥 그대로 한참을 가만히 누워 있을 때, 이상하게도 조금 전의 그 진기한 꿈이 떠올랐다. "지금 왜 그런 꿈을…?" 꿈속 주인공은 바로 나였다.

아르바이트를 시작한 지 얼마 되지 않았을 때였다. 주류 도매상에서 맥주 나르는 일을 하게 되었다. 나와 트럭 기사는 하루 할당량의 맥주 상자를 시내 상점들에 배달해야 했다. 600cc 맥주병 20개들이 플라스틱 상자의 무게는 상당해서, 트럭 아래에서 기다리는 기사에게 맥주 상자를 들어 던지는 일은 그 당시 55킬로그램인 나에겐 여간 힘든 일이 아니었다. 제한된 시간 내에 일을 끝내야 하기 때문에 기사의 성화는 대단했다. 손에는 물집이 생기서 터지고, 또 생기고 터져서 피가 흘렀다. 수건으로 동여매고 일을 계속하다 보니 수건이 피로 붉게 물들었다.

일을 마친 후에 나는 아픔보다 해냈다는 성취감이 더 컸다. 갑자기 옛날 인민군 장교의 모습이 떠올랐다. 아마도 그때 그와의 짧막한 대화가 마치 나의 좌우명처럼 내 마음 깊게 각인되어 있었나 보다. 그날 일당을 맥주로 받아서 같은 층에 살고 있는 친구들과 거나하게 마셨다.

독일 유학 시절에 행운의 여신이 내게서 등을 돌렸다고 생각할 정도로 깊은 좌절에 빠졌던 때도 있었다. 박사 학위 논문이 마무리될 무렵에 지도교수가 갑자기 암으로 돌아가셨기 때문이었다. 여름 학기 마지막 강의가 끝나고 이어진 면담 시간에 방학 동안 수술을 마치고 올 테니 걱정하지 말라고 나를 안심시키고 내 논문을 위한 몇 권의 책과 보충해야 할 이것저것을 친절히 일러주신 것이 마지막이었다. 지금 생각해보면 병의 고통과 죽음의 두려움에도 불구하고 마지막 수업과 지도를 다한 학자적 양심과 책임은 물론 그 품위는 내 평생에 걸쳐 큰 교훈으로 남아 있다. 함께 박사 학위 과정에 있던 10여 명의 동료들은 뿔뿔이 헤어질 수밖에 없었다. 왜냐하면 지도교수의 죽음은 학생들에겐 포기냐 아니면 다른 교수 밑에서 새로 시작하느냐를 결정해야 할 위기이기 때문이다. 나는 앞으로 나아갈 수도, 멈춰 서 있을 수도 없었다. 그때 그 장교의 소리가 내면에서 독백처럼 울려왔다.

"죽기도 하는데 이까짓 것이 뭐라고…."

세 학기에 걸친 각고의 노력 끝에 새 교수의 지도하에

서 논문을 계속 쓸 수 있게 되었다. 지금 생각해보면 참으로 신기하게 여겨진다. 어릴 적 스쳐간 어느 인민군 장교의 말이 내 삶의 극한적 위기 때마다 올바른 길을 찾게 자명고가 되어 평생 내 마음속에 울리고 있지 않은가! 답은 내 안에 있다. 어느 인민군 장교의 말처럼 문제는 '나'다. 내 마음을 들여다보고 스스로 깨달을 수 있어야 한다. 우리는 올바로 살기 위해 나 자신과의 싸움에서 이겨야 한다.

나 자신과 타협하지 않기

은사님의 추천으로 제침 주식회사에 파견 온 독일인 기계 설치기사의 통역으로 일한 적이 있었다. 또 이스트 생산 공장에서도 독일인 기사의 통역으로 일했다. 이 경험을 바탕으로 나는 독일에서 화학 공부를 해서 엔지니어가 되려고 마음먹었다. 그 당시에 해외유학 시험에 합격한 사람에게는 군 복무를 1년만 마치면 제대하는 특혜가 있었다. 그래서 나는 군에 일찍 입대하려고, 내가 살던 서울이 아니라 요령을 써서 의정부에서 징집되어 논산훈련소로 갔다.

시국은 몹시 불안했다. 1960년 4월 19일의 민주항쟁은 절정에 달했으며, 4월 26일에 이승만 대통령이 하야하면서 자유당 정권이 붕괴되었다. 내가 입대한 지 꼭 일주일 되는 날에, 그러니까 1961년엔 5·16군사정변이 일어나 박정희 군사정부가 시작되었다. 게다가 핵탄두미사일을 쿠바에 배치하려는 소련의 시도를 둘러싸고 미국과 소련이 대치했던 1주간의 쿠바 미사일사태(1962년 10월 22~28일)는 전 세계를 제3차 세계대전 발발의 공포로 몰아넣은 미증유의 국제 위기였다.

이런 국내외 위기에 군인들은 비상사태를 대비해서 철모를 쓰고 근무하는 날이 비일비재했다. 이승만 자유당 정부의 부정부패를 바로 잡기 위한 군사정권의 조치 가운데 하나로 부정한 방법으로 해외에 체류하는 병역의무 해당자들은 국내로 소환되어 무조건 군에 징집되었다. 군 복무 기간은 날로 연장되었다. 물론 유학 지망생에 대한 군 복무 1년의 혜택도 취소되었다. 나는 35개월 20일을 복무하면서 육군 하사로 제대하는 매우 드문 대접을 받고 군 생활을 마감했다. 열흘이 부족해 3년을 채우지 못한 것이 아쉬웠다.

애초에 1년만 근무하려 했던 나의 약삭빠른 계획은 수포로 돌아갔고, 그로 인한 마음고생은 매우 클 수밖에 없었다. 그런 내가 선임 하사의 눈에 거슬리는 것은 당연했다. 어느 일요일 저녁에 귀대 시간이 늦은 나는 선임 하사에게 야전침대 봉으로 실컷 매를 맞았다. 꼬박 하루를 걷지 못하고 누워 있어야 했다. 그때 나는 나에게 주어진 운명을 받아들이고 극복해야 한다고 새롭게 마음먹게 되었다. 내 인생에서 3년이란 극히 짧은 시간이며, 그 시간을 어떻게 값지게 보내느냐가 중요하다고 생각했다. 고통의 순간에 나는 결코 '자신과 쉽게 타협하지 말라'는 귀중한 삶의 철학을 터득하게 되었다.

낮에는 사단 의무중대에서 의약품 보급병으로 열심히 타자를 두들겼고, 밤에는 이병도 교수의 《한국사》를 외다시피 할 정도로 국사 공부에 전력했다. 그 결과 제대 후에 곧바로 유학 시험에 합격할 수 있었다. 생각해보면 군 복무 기간이 연장된 것이 오히려 나에게 큰 기회가 되었다.

'나 자신과 쉽게 타협하지 말라.' 지금 생각하면 독일에서 하마터면 잘못된 길로 빠져들 뻔한 삶을 바로 잡아준 것도 이 좌우명 덕분이었다. 그 당시에 한국에서 생활비를 받아 쓰는 유학생은 거의 없었다. 모두가 스스로 살아가야 했다. 독일 학제는 학년제가 아니라 자신이 국가시험(대학 졸업시험에 해당함), 디플럼Diplom, 석사MA나 박사Ph.D. 시험에 합격하는 날이 공부가 끝나는 날이다. 공부를 잠시 미루고 일해도 아무런 제약이나 간섭이 없었기 때문에 오랜 기간 계속 일할 수 있고, 방학 때마다 아르바이트를 해서 학비를 벌거나 장학금을 타서 공부한다. 무엇을 선택할지는 전적으로 본인의 결심에 달려 있다. 그래서 많은 유학생이 어려운 사정에 학업을 포기하고 식당을 개업하거나 다른 사업을 해서 돈을 벌고, 그곳에 정착하는 경우가 많았다. 공부보다 돈의 유혹이 더 큰 탓이리라.

나 역시 예외는 아니었다. 독일에 도착한 지 얼마 되지 않아 다행히 '홍콩'이란 중국식당에서 웨이터로 일하게 되었다. 독일 대학에서는 1년 내에 어학 시험에 합격해야 전공 과목을 수강할 수 있다. 나는 독일에서 온 지 얼마 안 되었을 때 치른 첫 시험에 합격해서 거의 1년 가까이 일할 수 있는 기회를 얻었다. 하루 수입이 짭짤했다. 생활비도 벌고 1년 후에 동생에게 비행기표를 보내주겠노라고 호언했던 약속도 지키게 되었다. 동생이 1년간 어학 과정에 전념할 수 있는 생활비도 마련했다. 그사이에 동생이 도착해서 공부를 시작했고, 우리의 생활은 안정되어 갔다. 일을 계속하고 싶은 유혹이 대단했다.

봄 학기가 다시 시작되고 기숙사의 분위기는 수강 신청

과 수업 준비로 학생들이 서로 정보를 나누면서 사뭇 긴장이 고조되었다. 나는 깊은 수렁에 빠진 듯 허우적거리는 기분에 사로잡혀 나날이 커지는 불안에 시달렸을 뿐만 아니라 무슨 큰 죄나 지은 사람처럼 양심의 가책마저 생겼다.

어느 화창한 초봄의 일요일 오전이었다. 나는 일찍 기숙사를 나와 라인강 변을 거닐었다. 근처에 있는 쾰른성당에 왔을 때 무엇인가에 끌려가듯 성당 안으로 들어갔다. 예수의 성화 앞에 설치된 성화대 위에 촛불을 올려놓고 무릎 꿇고 기도하면서 미래의 나를 생각했다. 지금 돈의 유혹이 본래 이루려 했던 미래의 꿈을 파괴하는 것이 아닐까 두려웠다. 더는 귀중한 시간을 낭비해서는 안 되겠다고 마음속으로 다짐했다.

얼마나 시간이 흘렀는지 몰랐다. 오전 10시 30분이면 식당에 출근해야 했지만 그 시각은 훌쩍 지나간 지 오래였다. 그날로 나는 식당을 그만두었다.

돈을 많이 벌기 위해 화학 공부를 해서 엔지니어가 되려던 계획을 포기할 수 있었던 것도, 그리고 아무리 큰 어려움이 있다 해도 독문학을 전공할 결심을 할 수 있었던 것도 이 좌우명 덕분이었다. 그리고 어려운 삶의 고비를 맞을 때마다 나는 생각했다.

'아무리 쉽고 빠른 길이라 해도 네 양식과 양심에 거슬
린다면 결코 그 길을 가지 마라. 비록 네가 가는 길이 고통
스럽다 해도, 아무리 어렵다 해도 올바른 길을 가야 한다.
요령은 결국 어리석음의 대가를 치르게 된다. 나 자신과
쉽게 타협하지 마라.'

시작의 고통이 있어 청춘은 아름답다

나이 60세가 넘으면 자기 인생에 대한 평가가 객관적으로 드러나지만, 행불행을 떠나서 누구나 "젊은 그때가 참 좋았지!" 하며 청춘이 인생의 황금기라고 이구동성으로 말한다. 일생을 통해서 볼 때 청춘은 자의식을 형성하고 정체성을 찾으며 유능한 사회인으로 성장하기 위해 시련을 겪기 시작하는 가장 화려하고도 고통스러운 시기이기 때문이다.

나는 인간의 존재를 '타인에 의한 존재', '나를 위한 존재' 그리고 '타인을 위한 존재'로 구분한다. 인생의 세 단계에서 '타인에 의한 존재'는 부모나 사회의 보호를 받아야 하는 유소년기에 해당한다. '나를 위한 존재'란 '자의식'을 갖기 시작한 성년기에 들어선 청춘으로서, 독자적인 사회생활에서 시련과 고통을 겪으면서 고뇌하기 시작하는 존재를 의미한다. 마지막으로 '타인을 위한 존재'는 중장년 이후부터 노년에 이르기까지 자신의 존재가 다른 사람과 사회에 도움이 될 수 있는 이타적 삶을 위해 노력하는 사람이다.

우리나라에서 성년은 만 19세부터이고, 학령으로 볼 때 빠르게는 고3이나 대부분이 대학교 1학년에 해당하는 젊은이다. 이때부터 이들은 보호와 규제를 받던 미성년에서 벗어나 법적으로, 육체적·정신적으로 독립된 삶을 살아야 하는 '어른'이라는 새 삶 영역에 들어선 초년생이다. 이런 젊은이에겐 힘과 열정은 넘치지만 어른처럼 삶의 시련과 고통을 극복할 수 있는 지혜와 경험이 부족하다. 그렇기 때문에 '나를 위한 존재'의 시기는 힘과 열정이 이성과 지혜와 상충하는 갈등이 시작하는 시기이고, 미래의 꿈과 현실의 난관 사이에서 처음으로 희망과 절망, 노력과 방황이 교차하기 시작하는 힘겹고 불안한 시기이기도 하다.

청춘에게는 미래에 대한 꿈이 있다. 꿈은 선물로 주어지는 것이 아니고, 저절로 이루어지는 것도 아니다. 미래에 대해서 빅토르 위고는 이렇게 말했다.

　　미래는 많은 이름을 가지고 있다: 약한 자에게 미래는 도달할 수 없는 것이고, 겁 많은 자에겐 미지의 것이며 용감한 자에겐 기회이다.

　미래에 대한 꿈은 불확실하다. 미래 그 자체가 불확실한 것이기 때문이다. 인생의 진로를 결정해야 할 중요한 시기에 미래는 다양한 가능성을 열어놓고 손짓하지만, 막상 이 길이 내가 가야 할 옳은 길인지 고민에 빠져든다. 오직 '용감한 자'만이 이 미래의 불확실성에 도전할 수 있고, 미래를 자신의 발전을 위한 '기회'로 삼을 수 있다. 그러나 자신의 잠재적 능력이 무엇인지 아직 깨닫지 못한, 경험도 부족한 젊은이에게 꿈을 이루려는 노력은 곧 방황일 수밖에 없다. 바로 여기에 노력하지만 방황할 수밖에 없는 청춘의 고뇌가 있다.

　젊은이는 미래의 꿈을 실현할 수 있는 가능성을 찾아 무한한 상상의 세계로 침잠하는 무아의 감정에 사로잡히기 일쑤다. 가히 낭만적이라 할 수 있다. 낭만의 참 의미는

'감상感傷'이 아니라 무한한 '몰입'이기 때문이다. 미래의 불확실성과 두려움에 맞서 혼미하나마 꿈의 실현을 위해 몰입하는 노력이란 뜻이다. 때문에 낭만은 청춘에 주어진 멋이며 동시에 특권이기도 하다.

젊은 시절에 세웠던 목표가 바뀌지 않고 그대로 평생을 산 사람은 극히 드물다. 젊은 시절의 세계관이 불완전했기 때문이다. 적어도 청춘은 무가치한 감상에 젖어 귀중한 시기를 헛되이 소모해버리는 어리석음에 빠져들지 않아야 한다. 하지만 현실은 그렇지 않다. 한 치 앞을 내다볼 수 없는 미래에 대한 불안, 열정과 좌절감이 교차하는 혼미한 감정, 인생에 대해 책임을 지고 무엇인가 시작해야 한다는 두려움 등으로 청춘은 가혹한 고뇌의 늪에서 허우적거리며 귀중한 시간을 소비하기 일쑤다. 그렇다고 해서 그 누구도 젊은 시절에 세상을 제대로 알지 못하고 삶의 계획이나 방향을 잘못 정했다고 젊은이를 비난할 수 없다.

청춘은 꿈이 있으나 길이 없고, 노력하지만 방황할 수밖에 없는, 말하자면 인생에서 가장 어려운 때를 살고 있는 것이다. 내 인생 역시 예외일 수 없었다. 6·25전쟁을 분기점으로 나는 혹독한 고통과 시련의 젊은 시절을 보내야 했다. 20대 초반부터 사업에 실패한 아버지를 도와야 했다. 그때 나는 '오늘'을 사는 데 급급해서 '미래에 대한 꿈' 같은 것은 생각지도 못했다. 나는 먹고살기 위해 돈을 벌어야 했고, 그런 와중에서 자신과 미래를 근시적으로, 현실적으로 생각하고, 더 많은 돈, 더 많은 성취, 더 많은 명예를 추구하려는 실리적인 인간으로 서서히 변해갔다. 잘살아야겠다는 욕망이 클수록 나의 일상은 더욱더 초라하게 여겨질 뿐이었다. 자신을 다른 사람과 비교하면서 불행과 열패감劣敗感을 느낄 뿐만 아니라 때로는 우울감에 빠지기도 했다. 정녕 미래에 대한 꿈은 불확실했기에 불안했고 두려웠다. 열정은 있되 쏟을 길이 없었고, 노력은 곧 방황일 수밖에 없었다. 청춘의 낭만은 나에겐 결코 멋도 주어진 특권도 아니라 고통일 뿐이었다.

나의 앞길을 막고 있는 넘지 못할 벽을 부수지 못한다면 내가 피해갈 수밖에 없다고 생각했다. 나락의 밑바닥에서 비상하는 것만이 유일한 해결책이라고 생각했다. 유학을 꿈꾸기 시작했다.

사실 독일 유학은 내 경우엔 현실도피였다. 전공마저 쉽게 취업할 수 있는 실용적인 분야로 바꾸려고 했다. 나는 가난이 지긋지긋해서 엔지니어가 되어 돈을 많이 벌고 부자로 살고 싶었다. 이를 위해 독일에서 화학 공부를 하려고 종로학원을 다녔다. 그때 1년여 동안 근무했던 모 여고 교사직을 포기하고 유학길에 오른 것은 나에겐 혁명적 변화의 시작이자 과감한 도전이었다.

배를 타고 부산항을 출발한 후에 석양 속에서 점점 멀어지는 조국을 바라보며 어떤 모습으로 다시 돌아올지 생각하니 마음이 무거워졌다. 유학 생활은 외국의 이질적 정서 환경에서 느끼는 고독감, 경제적 중압감, 학업을 끝내야 한다는 긴장감으로 가득했고 불확실한 미래에 대한 두려움에서 여전히 벗어나지 못했다.

예기치 않은 시련이 닥쳐오고 나를 좌절에 빠뜨리기도 했지만 어느 순간에 지금 맞닥뜨리고 있는 어려운 시련을 의연하게 받아들일 수 있을 만큼 강하게 단련된 '나'를 발견했다. 이미 내 나라에서 젊은 시절에 더 큰 어려움을 겪었기에, 언제부터인가 시련은 온갖 어려움을 스스로 처리할 수 있는 힘으로 내 삶에 축적되어 작용하고 있었다. 이제 시련은 나에게 주어진 큰 기회라 여겨졌다.

오랜 시간이 흘렀다. 나는 대학교수로 연구하고 가르치며 30년을 젊은이들과 함께 지냈다. 내가 본 젊은이들은 그들이 이른바 금수저로 태어났건 흙수저로 태어났건 간에, 일상에서 보이는 태도, 표현, 사고는 다양해도 젊기에 치러야 하는 내면의 고민은 대동소이했다. 내가 과거에 그랬듯이, 그들은 세상을 알기엔 아직 모든 것이 미숙한 상태에 있다. 꿈이 있으나 펼칠 길을 찾지 못한다. 열정과 낭만이 있으나 방황할 뿐이다. 사랑은 혼미 속에서 외로움으로 되돌아오고, 불확실한 미래는 두렵기만 하다. 가장 절망적인 것은 이루지 못할 꿈이라고 아예 꿈꾸기를 망각하거나 포기하는 것이다. 또한 작은 성취에 도취해서 더 큰 꿈을 꾸려는 용기를 잃어가는 것이다.

닥쳐오는 시련은 누구에게나 삶을 위해 지불해야 하는 필연이다. 마음껏 고민하고 시련을 성숙의 수단으로 받아들일 수 있는 능력을 키워야 한다. 그래야 시련이 자신을 성숙시키는 힘이 된다. 청춘은 자신이 생각하고 결정하고 행위하는 모든 것에 책임을 져야 한다는 것도 배워야 할 시기이기에 또한 중요하다. 미숙했던 젊은 시절에 세웠던 목표가 흔히 수정되거나 바뀐다 해도, 그때의 경험은 소중한 상속물이 되어 평생에 걸쳐 영향을 끼친다. 지금 와서 보니 청춘에 주어진 고뇌, 방황, 낭만 같은 멋과 특권을 마음껏 누렸음을 깨달았다. 내가 그랬듯이, 오늘의 청춘들 역시 먼 훗날 과거를 돌아보며 말할 것이다.

청춘은 미숙하지만, 미숙하기에 아름답다.

제2의 사춘기, 중년을 위한 조언

우리는 모두가 다른 사람들과의 '사이'에서 다양한 관계를 맺고 살아간다. 그래서 사람을 한자로 사람 '인人'과 사이 '간間'으로 써서 '인간人間'이라 부르는가 보다. 이 '사이'에는 두 가지 의미가 있다. 그 하나는 시간적인 것으로, '밤과 아침 사이', '오늘과 내일 사이', '삶과 죽음 사이'처럼 인간의 존재적 영역을 나타내기도하지만, 다른 하나는 경험적인 것으로, 만남의 인연因緣이 생기는 공간이기도 하다. 우리는 다른 사람들과의 '사이'에서 좋고 나쁜, 사랑하고 미운, 행복하고 슬픈 인연을 맺고 살아간다. 그중에서 혈연과 학연은 다른 무엇보다도 사랑과 우정으로 충만한 인간의 '사이'이고, 이런 인연으로 인한 만남은 우리에게 행복을 준다. 대학이란 일터에서 긴 세월동안 제자들과 함께한 수많은 만남들을 되새길 때면, 절로 보람과 행복을 느낀다.

호화롭고 낭비적인 사은회는 사라진 지 오래되었다. 졸업식 풍경도 많이 바뀌었다. 석사나 박사학위 취득자를 위한 졸업식이 되어버렸다. 그 분위기가 아주 썰렁하다. 사각모에 가운을 입은 학부 졸업생들은 아예 졸업식엔 관심이 없고, 가족들이나 친구들과 사진 찍기에 여념이 없다. 그러고 나면 꽃이나 케이크를 들고 평소 존경했던 교수들의 연구실을 찾아와 작별의 덕담을 나누고 기념으로 사진을 찍는다. 연구실 문을 나서는 그들의 뒷모습을 보며, 설익은 풋내기들이 성숙해져서 어엿이 사회에 첫 발을 내딛는다는 생각에서 불안한 미래에 대한 가벼운 우려와 함께 잘 되길 바라는 마음이 절로 든다.

그리곤 소식이 없다. 그래도 다행스러운 것은, 스승의 날이나 년 말에 과ㅉ 동창회 등에서 일 년에 한두 번은 제자들과 만날 수 있는 기회가 있다는 것이다. 매번 변해진 그들의 모습을 볼 때마다 기쁨과 보람을 느낀다. 그들은 벅

찬 기대를 안고 사회에 나왔으나 그들이 맨 처음으로 부딪치는 것은 꿈과 현실의 괴리에 좌절하고 마는 엄청난 시련이었음을 나는 잘 안다. 그러기에 지금 사회 각 분야에서 동량으로 일하고 있는 그들이 정말 대견스러워 보였다.

그도 그럴 것이 그들의 대부분은 전공과 관계가 없는 분야에서 전문인으로서 활동하고 있다. 그들 중 몇 명에게 나는 추천서를 써주기도 했고 주례도 서주었다. 여하튼 그들은 자신의 고난을 잘 견디어내고, 자신의 인생을 훌륭하게 살고 있는 사람들이다. 그뿐만 아니라 그들이 고난을 견디어낸 만큼 인생이 깊어 보였고, 미래에 대한 자신도 읽을 수 있었다. 이렇게 우리는 함께 나이 들어가면서 만날 때마다 늙음의 변화에도 변하지 않은 사랑과 우정을 확인했다.

칠십이 넘어 강의를 하지 않게 되니 집에서 집필하는 일이 많아졌다. 여러 해 동안 과 동문회에도 나가지 못했다. 팔십이 좀 지난 어느 해에 모처럼 모임에 나갔다. 환갑을 넘긴 반백의 회장이 반갑게 인사했다.

"어, 이거 X군 아닌가! 한참 봐야 옛 모습을 알아보겠네. 언제 이렇게 의젓하게 나이 들어 보이나!"

"안녕하게요, 선생님, 옛날 그대로시네요! 건강하시죠? 요즘은 어떻게 생활하고 계세요? 이따가 좋은 말씀 부탁드립니다."

모임 때마다 제자들이 나에게 꼭 묻는 질문이다. 바로 건강과 노후에 대한 질문이다. 모인 제자들 가운데에는 이미 정년퇴직해서 연금을 받는 사람도 있긴 하지만, 대부분이 삼십대에서 육십대에 이르는 봉급쟁이들이거나 개인사업자들이다. 대화는 자연히 옛날 교수들에 대한 농 어린 에피소드들과 제자들이 겪은 경험과 미래에 대한 비전으로 이어졌다. 하지만 대화 중에 미래에 대한 걱정이 은연중에 희미한 땅거미처럼 드러나기도 한다.

요즘 직장사회에서는 '사십오 세가 정년'이라는 뜻의 '사오정四五停', '오·육십 세까지 직장에 남아 있으면 도둑'이라는 뜻의 '오륙도五六盜'와 같은 말이 회자된다고 한다. 은퇴가 그만큼 빨라졌다는 말이다. 이들에겐 가정이 있고, 자녀들의 교육이나 결혼 등을 위해, 그리고 자신의 노후준비를 위해 해결해야 할 경제적인 문제가 그들의 마음을 무겁게 누르고 있었다. 사오정, 오륙도란 자조적 표현에는 한참 왕성하게 일할 나이에, 가장 많이 돈을 벌어야 할 시기에 백수가 될지도 모른다는 두려움이 스며들어 있다.

두려움이란 막연하게 밀려오는 인간의 원초적인 감정이

라 누구나 앞일을 생각하면 다소간에 두려운 생각을 갖게 마련이다. 지금 나에게는 죽음에 대한 두려움이 제일 크게 다가오지만, 아직 해야 할 일이 많은 그들은 무엇보다도 직장을 떠나야 하는 두려움과 정년 후에 무엇을 새로 시작해야 할지 방향을 모르는 두려움에 시달린다. 지금 하고 있는 일에서 외롭고 지친 느낌이 들지 않는지, 녹슬었다는 실의에 빠지거나 그저 일이 지겹기만 하니 그만둘 때가 온 것이 아닌지 스스로 되묻게 된다.

그러면서 그들은 이른 정년에 대비해서 지금이라도 무엇인가 새로운 일을 모색해야 하는 게 아닐까, 그것이 무엇일까, 그것이 내 적성과 능력에 맞는 것일까, 실패하지 않을까, 고민한다. 이 같은 고민은 백세 시대가 되면서 정년을 맞는 '젊은 노인들'에겐 더욱 절실해졌다. 그들은 안정되고 성숙해 보이는 중년이지만, 여전히 시련 속에 놓여 있고 근심과 고민에서 벗어날 수 없겠구나 싶었다.

그들은 엄청난 경쟁을 뚫고 입사해서 수많은 노력으로 한 분야의 전문인으로서의 경력과 경륜을 쌓았다. 어언 중년이 된 이들은 과거의 자신을 되돌아보고 앞으로의 자기 모습을 내다볼 수 있는 시기에 들어섰기에, 아직 미래에 대한 막막함과 동경이 묘하게 뒤섞인 상태에 있다 할지라도, 지금보다 더 나은 삶을 살 수 있는 능력과 자신감이 준비되어 있음을 나는 이들에게서 느낄 수 있었다. 바로 이런 느낌에서 그들이 명랑하고 활기 있게 보이는구나 생각했다.

이런 생각은 젊은 박사 제자들에게서도 많이 느꼈다. 얼마 전에 추천서를 받아간 제자가 지방 대학에 전임으로 되었다고 알려왔다. 뛸 듯이 기뻤다. 많은 젊은 박사 엘리트들이 시간강사로 살아간다. 비록 전임의 가능성이 적고, 경제적인 어려움이 있다 해도, 그들은 전공 분야에서 연구한다는 자긍심을 지니고 있는 듯이 보였다. 각종 공공기관의 연구 프로젝트에 참여하거나 연구서나 번역서를 출간해서 열심히 자신의 삶을 살고 있다. 그들에게서 책을 받아 볼 때면 기쁘고 감사하면서도 전임이 되지 못한 것이 못내 안타까웠다. 다행히도 그들의 표정엔 어두운 그림자가 없다. 이들은 전공을 직업으로 선택했다는 데에서, 일을 하는 목적은 돈이 아니라 하고 싶은 일을 하며 사는 것이라는 데에서 자긍심과 위안을 갖는 듯했다.

돌아오는 길에 나를 생각해보았다. 전철역에서 집으로 가는 도중에 양재천 둑길을 따라 걷고 싶었다. 어둠 속 개울가에 있는 벤치에 앉아 지금까지 살아온 내 삶의 발자취를 뒤돌아보았다. 20대에는 현재가 너무 힘들었기 때문에 미래를 생각하며 살았다. 30대에는 긴 방황 후에 드디어 갈 길을 찾았기에 죽기 살기로 공부했지만, 박사학위를 끝내고 대학에 전임이 되기 전까지 불확실한 미래에 대한 두려움은 컸다. 40대엔 몸담은 대학의 이런저런 보직에다 운동권 학생들을 지도한답시고 술도 많이 먹고 담배도 많이 피우는 사이에 세월이 훌쩍 지나가 버렸다. 50대는 안정과 행복의 시기였으나, 어느 때보다도 미래를 구상해야 하는 데 자신감과 두려움이 뒤섞인 야릇한 감정에 휩싸였던 때였다. 제2의 사춘기가 온 것 같았다. 60대에 비로소 50대의 구상이 실현되는 제2의 인생을 시작했다. 70대엔 육체적, 정신적 건강이 균형을 잃어가는 것을 느꼈지만 그래도 사랑과 일로 충만한 시간을 보낼 수 있어 기뻤다. 80대에 접어드니 장수의 의미에 대한 생각이 가장 심각하게 다가오는데, 일하려는 정신력을 신체적 건강이 뒷받침하지 못해 안타까워진다.

평생을 내가 하고 싶은 일을 항산恒産의 수단으로 삼을 수 있었다는 것이 얼마나 큰 행복이었는지를 생각했다. 학위도 끝내고 교수도 되었으니 성취의 기쁨도 맛보았다. 살아야 한다는 것生은 하늘의 명命이기에, 어떻게든 먹고 살기 위해서 일해야 하지만, 삶의 궁극적 목적은 일하기 위해서 먹는 것이다. 비록 작은 일이라 해도, 그리고 일하려는 정신력을 신체적 건강이 옛날처럼 뒷받침하지 못한다 해도 사랑하는 사람들과 함께 살면서 하고 싶은 일을 매일매일 꾸준히 한다면, 그 자체가 더 없는 삶의 기쁨이며 행복이라 생각해본다. 어둠 속 개울가 둑길을 따라 집을 향해 걸어가면서 나는 제자들을 가르치는 일이 있어서 감사했노라, 그리고 그들과의 만남을 통해 사랑과 우정을 나눌 수 있어서 행복했노라 생각했다. 모든 제자들에게 밝은 미래가 있기를 마음속으로 간절히 기원해본다.

"여보게들, 참 대견하네. 산이 높을수록 계곡은 깊고, 햇빛이 강할수록 그림자는 더 짙은 법이라네. 인생은 늘 그 분계선을 걷는 것이니, 힘들 때 어둡고 깊은 계곡으로 추락하지 않게 좌절하지 말고, 잘 나갈 때 높이 올랐다고 자만하지 말게. 십년, 이십 년 전보다 열 배, 스무 배 부자가 되었다 해서 지금이 그만큼 행복하다고 말할 수 있겠나? 작은 것에 만족하고 감사하는 데 행복의 길이 있으니, 최선을 다한 오늘에 만족하고 감사하며 우리 함께 잘 살아가세나!"

/ 제5장 /

의미 있는 인생이란
우리가 사랑하는
시간들이다

"인생에서 유일하게 중요한 것은 우리가 남기는 사랑의 흔적이다."

_알베르트 슈바이처

아버지의 턱수염과 어머니의 눈물

사람은 태어나서 부모에게서 처음으로 사랑을 받고, 사랑
하는 것을 배우고, 사랑을 베풀며 평생을 살아간다.

　내가 기억할 수 있는 부모 사랑의 첫 체험은 어릴 적 아
버지와의 스킨십이다. 나는 아버지를 따라 대중목욕탕에
갔을 때 아버지의 등을 수건으로 비누칠해주었고, 아버지
는 내 온몸을 두루 씻어주었다. 때로는 아버지가 나를 꼭
껴안고 덥수룩한 턱수염으로 내 뺨에 대고 비비면 간지러
워 깔깔 웃어대며 아버지의 가슴을 밀치고 도망쳤다. 평
생을 가족을 위해 베푸신 아버지의 사랑이 그때 처음으로

마음속에 깊게 새겨졌다. 그 사랑의 감정은 다른 무엇보다도 순수하고 강렬했기에, 내 기억에 가장 생생하게 남아 있다. 아마도 그때 나는 사랑하는 것을 처음으로 가슴으로 느끼고 배운 것 같다.

할아버지가 된 지금도 목욕탕에서 부자가 서로 비누칠해주는 모습을 볼 때면 그렇게 사랑스럽고 부럽게 느껴진다. 나에겐 딸들과 손녀들만 있어 그 부러움이 더 큰 것 같다. 지금껏 집에 들어와서 자주 딸들에게 정답게 말을 걸지도, 품어주지도, 잘 자라고 뽀뽀해주지도 않은 것 같아 그것이 이따금 후회스럽게 느껴지기도 한다.

하지만 손녀들이 있어 행복한 시간을 많이 가질 수 있었다. 어릴 적부터 딸들에게 못다 한 뽀뽀도 많이 해주고, 무릎 위에 앉히고 꼭 껴안아주기도 했다. 이젠 대학생이 된 큰 녀석들은 슬슬 피하며 눈치 보는 사이에 고작해야 한 팔로 어깨를 다독거려 줄 뿐이다. 아직 초등학교에 다니는 막내 손녀가 있어 요즘에 나는 그 녀석을 껴안고 턱수염을 뺨에 비벼댈 수 있는 행복한 기회를 가진다. 아버지의 턱수염 사랑을 기억하면서 말이다. 그러면 그 녀석은 한 손으로 내 수염을 가리고 뽀뽀해주고, 깔깔거리며 도망간다. 내가 아버지의 사랑을 기억하듯이, 애들이 할아버지의 사랑을 기억해주길 바란다.

6·25전쟁 때의 일이다. 그 당시엔 군인 적령기에 있는 청년은 어디서나 불심검문을 받고 이상이 있으면 즉시 군에 입대되었다. 고등학교 3학년이었던 맏형이 집에 돌아오지 않은 지 사흘이 지났다. 이전에 형은 육군 장교로 보충부대에서 복무하고 있다는 외사촌형을 찾아갈까 한다는 말을 종종 했다. 그래서 아버지는 무조건 형을 찾으려 집을 떠났다. 논산 근처까지 가면서 전투의 와중에서 죽을 고비를 몇 번 넘기고, 어쩔 수 없이 아버지는 집으로 돌아왔다. 며칠간 식음을 전폐하다시피 하면서 깊은 시름에 빠졌던 아버지의 모습이 지금도 잊히지 않는다.

어머니의 사랑에 대한 최초의 기억은 어머니의 눈물이다. 나와 내 동생과의 나이 차이는 5년이니까, 아마도 내가 여섯 살 때였을 것이다. 갓 돌이 지난 동생이 심한 열로 경련을 일으켰고, 어쩔 줄 모르던 어머니는 눈물을 흘리면서 동생을 가슴에 안고 식초를 한 모금 입에 물고 숫구멍에 대고 내뿜길 반복했다. 아마도 민간요법인지는 모르겠으나, 동생은 점차 회복되어 갔다. 나는 호기심에서 그 식초를 한 모금 몰래 마셔보았다. 마시자마자 토악질하고 속이 아파서 울기 시작했다. 어머니는 크게 놀라 나를 안고 냉수 한 대접을 억지로 다 마시게 했다. 어머니의 뺨을 두 번 적신 눈물이 지금도 생생하게 기억난다.

6·25전쟁이 일어났던 그 이듬해 1월 4일에 중공군의 참전으로 국군과 UN군이 두 번째로 후퇴했던 어느 날 갑자기 사돈어른과 매형 될 사람이 들이닥쳤다. 중공군이 청년들과 처녀들을 싹 쓸어간다는 소문 때문에 누님을 서둘러 결혼시켜 시골집으로 데리고 가야겠다는 것이었다.

피난 걱정으로 경황이 없는 가운데 이럭저럭 혼례를 치렀고, 그분들과 누님은 친척의 도움으로 겨우 마련한 소형 트럭에 짐을 싣고 떠나갔다. 그 뒷모습을 보면서 어머니는 하염없이 눈물만 흘리고 있었다. 그 후에 우리 식구들이 대충 짐을 챙겨 시골 외갓집으로 피난 가는 내내 어머니는 눈시울을 훔쳤다.

안식년 때 나는 아내와 함께 로마 여행을 떠났다. 로마 바티칸시국의 성베드로성당과 박물관을 관람하고 있는데, 미켈란젤로의 피에타 조각상 앞에서 절로 발걸음이 멈춰졌다. 그 순간 어머니의 옛 모습이 떠올랐다. 십자가에서 죽은 그리스도의 주검을 무릎 위에 안고 애도하는 마리아의 모습에서 경련하는 동생을 품에 안고 우시던 어머니의 모습이 겹쳐졌다. 인간을 죄에서 구원하기 위해 죽은 그리스도의 사랑, 그 사랑을 품은 마리아의 슬픔은 바로 어머니의 눈물이었다.

어머니의 사랑이 희생적인 것은 인간뿐만 아니라 동물도 마찬가지다. 사람들이 싫어하고 무서워하는 거미는 자신의 몸을 새끼들이 자라기 위한 먹이로 제공한다. 꿀벌은 집과 유충들을 지키기 위해 말벌에게 떼로 달려들어 자기 몸을 희생해 물리친다. 인간에게나 동물에게나 모성애는 고통이다. 그러나 사랑의 고통은 약한 생명을 성장하게 하는 자양분이고 죽음에서 보호하는 힘이다.

어머니의 눈물은 마르지 않는 샘물처럼 인간의 마음속에 사랑을 싹트게 하고, 꽃피우고, 아름다운 인생의 열매를 맺게 해서 삭막한 사회를 사랑으로 아름답게 정화할 수 있는 것이 아닌가 싶다. 그래서 "신은 모든 곳에 있을 수 없어서 어머니를 보냈는가 보다(탈무드)." 부모는 이 세상을 떠나지만 사랑의 흔적은 그대로 살아 남아 있는 법이니까, 이렇게 부모에게 체험한 사랑은 우리 마음의 문을 열고 사랑을 베푸는 것을 가르친다. 그래서 사랑은 마르지 않고 늘 샘물처럼 솟아오르고 내를 이루어 흐른다.

세 딸 중에 둘째가 먼저 결혼했다. 개혼開婚이라서 모든 게 서툴렀고 그만큼 긴장했다. 무사히 큰일을 마치고 집에 돌아와 텅 빈 딸 방에 들어갔다. 책상 위에서 흰 봉투 하나가 놓여 있어 열어보니 둘째가 남기고 간 편지였다. '엄마 아빠 사랑하고 감사하다'는 마음을 깨알 같은 글씨로 적어놓았다. 그 순간에 무엇으로도 표현할 수 없는 감정에 사로잡혀 눈시울이 젖어왔다. 아직도 딸의 손때 묻은 물건들이 여기저기 남아 있는 빈방에는 '결국 이렇게 네가 떠나는 날이 오는구나!'라는 허전함, 못다 한 사랑에 대한 후회와 행복하게 잘 살아야 한다는 축복이 뒤섞인 온갖 감정으로 가득했다.

그러다 문득 고개를 돌렸더니 옆에서 편지를 읽고 있는 아내의 얼굴에서 그때 그 '어머니의 눈물'을 보았다.

잊히지 않는 세 여인의 초상

세상을 사노라면 수많은 사람을 만나고 헤어진다. 어떤 이
는 자주 만나 남다른 인연을 맺고 가까이 살아가지만 어
떤 이는 곧 잊거나 희미하게 기억될 뿐이다. 그러나 잠깐
의 만남이었어도 이름도, 어디에 있는지도 모르면서 평생
마음 한구석에 자리 잡고 잊히지 않는 사람이 있다. 나에
겐 그런 세 여인이 있다.

　1. 중학교 2학년 때였다. 크리스마스이브에다 간밤에 눈
이 많이 내려 사람들의 마음을 들뜨게 하기에 충분했다.

나는 아궁이에 군불을 때려고 눈 덮인 장작더미에서 장작 몇 개를 꺼내 패고 있었다. 그때 교회의 학생회장으로 있던 사촌형이 와서 날 학생 성가대 친목회에 데리고 갔다. 새벽에 교인들의 집을 순방하며 크리스마스 캐럴을 부를 시간을 기다리기 위해 열린 친목회였다. 난 어렸을 적에 어머니 손을 잡고 교회에 나갔으나 6·25전쟁 후에는 교회에 나가지 않았다.

남녀 학생들이 원형으로 둘러 앉아 놀이를 시작했다. 그때 내 앞의 반곱슬머리 여학생이 내 시선을 사로잡았다. 처음 느껴보는 여자의 아름다움이었다. 3박자에 맞추어 번호 부르기 놀이에서 나는 그녀의 번호만 계속해서 불렀다. 그녀는 처음에 몇 번 내 번호를 되부르더니, 이내 다른 사람들 번호로 바꿔 불렀다. 초롱불을 앞세워 교인들의 집에서 집으로 옮겨가며 크리스마스 캐럴을 부르는 내내 눈치채지 않게 가급적 그녀의 주위를 맴돌았다.

그렇게 벙어리 냉가슴 앓듯 그녀를 그리며 2년이 지나갔다. 고1 때 드디어 나는 용기를 내어 그녀에게 러브레터를 전했다. 초조하게 2주일이 지난 어느 날 담임 선생님이 나를 교무실로 불렀다. 어찌된 일인지 내 편지가 책상 위에 놓여 있었다. 공부는 안 하고 연애편지만 쓴다고 벌로

회초리를 맞았다. 나중에 담임 선생님이 웃으며 엄청난 사실을 말해주었다. 그 편지는 그녀의 교실에서 돌아가며 읽히다가 그곳 선생님에게 발각되어 내 담임 선생님에게 보내졌다는 사실이다. 사춘기 소년답게 배신감, 수치심, 분노가 한꺼번에 치솟았고, 복수심에서 훌륭한 사람이 되어 그녀 앞에 떳떳이 나타나리라 결심했다.

그 후 긴 세월이 흘러갔다. 정권이 바뀌었고, 나는 대학을 나왔고, 군에서 제대했고, 유학 준비로 바빠 지나간 일들을 생각할 겨를도 없이 세월을 보냈다. 가을을 맞이하려는 이른 9월의 어느 오후였다. 여행용 가방을 사러간 상점에서 우연히 그녀를 만났다. 그녀가 나를 알아봐서 너무나 기뻤다. 우리는 차를 마시면서 이런저런 지난 이야기를 나누었으나, 그 옛날 편지 이야기는 약속이나 한 듯 말하지 않았다. 아마도 그녀는 그 편지로 인해 당한 내 수모를 전혀 알지 못하리라 생각하니 절로 입가에 미소가 흘러나왔다. 그녀는 결혼해서 한 아이의 어머니로 살고 있다고 말했다. 곧 독일로 유학 간다는 말을 했을 때 그녀는 나의 장도를 축하하며, 꼭 성공해서 돌아오라는 덕담도 해주었다. 변함없이 아름다웠다.

열다섯 살이었던 시절은 이제 아득한 옛날이지만, 지금

도 그때 그녀를 생각하면 나를 수수한 소년 시절로 돌아가게 한다. 그녀의 아름다움이 어린 시절 순수한 내 마음속에서 막연하게 동경해온 청초한 여인상의 첫 모습으로 '지금도' 잊히지 않고 내 마음속에 자리하고 있음이 분명하다.

　2. 9월 하순경 어느 날 오후 6시에 마침내 부산-고베 간의 정기 여객선에 몸을 실었다. 저녁노을에 산등성이만 보이던 우리나라가 시야에서 서서히 사라지고, 짙어지는 어둠 속에서 현해탄의 파도가 심해져 뱃멀미에 몹시 시달렸다. 마치 닥쳐올 내 미래를 미리 체험하는 듯했다. 그 이튿날 나는 고베항에서 요코하마-마르세유 간의 정기 여객선 '캄보디아'호에 승선했다. 15,000톤급인 이 호화선은 출발항인 요코하마에서 승객을 태우고 마르세유로 향한다. 나는 여유 있게 요코하마에서 승선하는 여행객의 승선 절차를 보고 있었다. 그때 나와 같은 한국 여권을 가진 20대 초반쯤으로 보이는 아가씨를 보고 반가워 인사를 했다. 그녀는 재일교포로 한국말이 서툴렀으나 의사소통에는 큰 불편함이 없었다. 그녀는 프랑스어를 배우러 마르세유에 간다고 말했다.

배에서 식사 시간은 서로 친해질 수 있는 중요한 기회이기 때문에 식탁은 언어별, 목적지별로 짜인다. 나는 독일 학생 네 명과 조를 이루어 시간을 보냈다. 그녀는 10여 명의 일본 젊은이들과 함께 큰 테이블에서 식사했다. 자연히 떠들썩한 분위기였으나 언제나 미소를 띤 채 조용히 앉아 있는 그녀의 모습이 아름다웠다.

배가 홍콩을 출발한 후 그녀는 며칠간 식사 시간에 나타나지도 않았고, 항해 중에 갑판이나 다른 휴게실에서도, 수영장 옆에 놓여 있는 파라솔 밑 안락의자에서도 볼 수 없었다. 몹시 궁금한 나머지 식사 시간에 한 일본 학생에게 그녀에 대해 물어보았다. 맹장염으로 병실에 누워 있는데, 마르세유에 도착할 때까지 병이 악화되지 않도록 약물 치료를 받고 있다는 것이었다. 병실은 어떤 풍랑에도 요동이 없도록 배의 한 중앙에 있었다.

면회를 가니 그녀는 반갑게 맞아주었다. 그리고 취미가 우표 수집이니 각 나라의 항구에 도착하면 우표를 사다 달라는 부탁을 했다. 150달러가 전 재산인 나로서는 여간 큰 부담이 아니었다. 그러나 다행히도 동남아와 중동 지역에서 헌 우표 값은 비싸지 않아서 우표 값을 주겠다는 것을 마다하고 체면을 유지할 수 있었다. 자연스럽게 자주 방문하게 되었고, 종착 항구인 마르세유를 얼마 남기지 않고 지중해를 항해할 때 그녀는 비로소 예비 수녀로서 프랑스어를 배워 아프리카에서 봉사하며 살아갈 것이라는 사실을 알려주었다. 그제서야 그녀가 슈베르트의 〈아베 마리아〉와 그레고리오 송가를 즐겨들었던 이유를 알게 되었다.

마르세유항에 도착해서 하선하기 전에 그녀를 방문했다. 수녀복으로 차려입고 휠체어에 앉아 있는 그녀를 처음 보았다. 마중 나온 프랑스 수녀님들과 함께 떠나면서 나에게 작별인사를 했다.

"이 선생님(그녀는 나를 이렇게 불렀다)을 위해서 기도할게요. 건강하세요. 선물해주신 우표를 보면 선생님이 생각날 거예요. 감사합니다."

무릎 위에 놓인 장미꽃 못지않게 수녀복을 입은 그녀가 너무나 아름다웠다.

3. 독일에서 나는 지도교수님의 도움으로 학위 논문을 정리하기 위해 2주간 시골 어느 수녀원에서 지냈다. 수녀원은 'ㅁ'자 건물이고 그 안에는 작지만 아담한 정원이 있었다. 어느 날 오후에 우연히 제법 긴 시간을 작은 정원에

서 마치 어떤 깊은 시름에 빠진 듯 느린 걸음으로 거니는
한 수녀를 창 너머로 보았다. 비슷한 시간에 며칠간 그 수
녀의 모습을 관심 있게 보았으나, 어느 날 그녀의 모습은
보이지 않았다. 한 수녀님께 그녀에 대해 물어보았다. 수
녀가 되어 떠났다는 것이다. 수녀가 되기 전에 사회와는
인연을 끊고 평생을 수녀원에서 기도하고 수도하며 보내
는 수녀의 길을 갈 것이냐 아니면 포기할 것이냐를 스스
로 결심해야 하는 마지막 고뇌의 시간을 보냈다는 것이다.
수녀원 복도의 벽에 걸려 있는 성화에 그려진 피에타상이
떠올랐다. 기도하며 정원을 거닐던 고뇌에 찬 그 여인의
모습은 '지금도' 잊히지 않고 내 마음속에 각인되어 있다.

그 이후 나는 세 여인을 다시 만나지 못했다. 설령 지금
그들을 마주한다 할지라도 알아보지 못할 것이다. 그들과
의 만남이 모두 우연이었고 나의 삶에 큰 흔적을 남기지
않았기에 자연히 기억의 저편으로 사라져 버렸지만, 그들
의 이미지를 풍기는 어떤 대상이 어느 계기에 노년의 나
에게 틈입하는 순간, 나는 어김없이 젊었을 때 그들과 만
났던 회억回憶에 빠지고, 그들은 잊힌 것이 아니라 나의 뇌
리 속에 각인되어 나와 함께 살아왔음을 확인한다.

지금도 반곱슬 단발머리의 청순한 아가씨 생각은 설익은 사춘기 남자아이의 수줍은 미소를 머금게 한다. 일요일 미사를 올릴 때 성찬 빵을 나누어 주는 수녀님을 볼 때면 잊었던 교포 수녀님의 상냥한 미소가, 아마도 지금은 아프리카 어딘가에서 가난하고 고통받는 사람들을 위해 봉사하며 위로와 용기의 빵을 나누어주고 있을 모습이 떠오른다. 그리고 결정을 주저하며 고뇌에 빠진 순간에는 어김없이 수녀원에서 보았던 이름 모를 고뇌하는 독일 수녀님의 모습이 마법의 신기루처럼 눈에 아른거린다.

　나에게 세 여인은 모두 고유한 모습으로 아름답다. 비록 다시 만날 수 없다 해도 청소년 시절에 나의 뇌리에 각인된 그들의 이미지는 노년에 이르기까지 '영원히 아름다운 여성적인 것'의 현현으로 내 마음속에 자리하고 있다. 세 여인에 대한 회상에서 변하지 않는 사랑의 본질을 본다. 내가 사랑하는 이들에게서 잊히지 않는 세 여인의 모습이 떠오를 때면 사랑하는 이들에 대한 변하지 않은 사랑을 확인할 수 있어 행복하다.

'여보'라 부르며
이렇게 우리는 오래오래 살고 싶다

요즘 젊은이들은 처음 만날 때부터 서슴없이 서로를 ○○ 씨라고 이름을 부른다. 관계가 친숙해지면 그들은 "우리 친구 하자"고 말한다. 그들 사이가 애정 관계로 발전하면 그들은 '자기'라고 불러주길, 또 부르길 바란다. 실제로 요즘 젊은 부부들 사이에서는 부모가 되어서도 여전히 서로를 '자기'라고 부르기도 한다. '오빠', '자기야', '○○ 엄마', '○○ 아빠'라는 호칭이 '여보'의 자리를 대신하고 있다.

　나는 고등학교 친구의 여동생과 결혼했다. 덕분에 이렇

다 할 연애 한 번 하지 못했다. 여섯 남매 중 고명딸인 아내는 처음부터 수줍음이 많았다. 오빠의 친구이기에 그녀는 나를 처음부터 쉽게 '오빠'라 부를 수 있었건만, 50년 넘게 함께 산 지금까지 '오빠'란 소리를, 아니 '자기야', '○○ 아빠', 또는 '○○ 씨'라 부르는 소리를 들어본 적이 없다. 결혼 초에 아내는 '저기요' 또는 '응' 소리로 나의 시선을 자기에게 돌리게 하고 난 다음에 말을 했다. 나도 마찬가지였다. 서로가 수줍은 성격 탓이 분명했다. 우린 첫 딸아이가 유치원에 갈 때까지 그렇게 살았다. 그런데 어느날 아내가 나에게 부탁했다.

"내가 오늘 바쁜 일로 유치원에 데리러 못 가니 '당신'이 가야겠어요."

그 뒤부터 우린 '당신'이란 호칭을 자유롭게 쓰게 되었다. 그렇게 한참 세월이 흐른 뒤에, 어느 날 우리 집에서 나는 또래의 유학생들과 새벽까지 포커 놀이를 했다. 손님들이 다 돌아간 후에 아내는 몹시 화난 소리로 나에게 말했다.

"이봐요, 당신 언제 공부 끝내려고 그래요! 제발 정신 좀 차려요, 여보!"

처음 듣는 소리였다. 제법 긴 세월이 지난 후에야 우린

'여보'라고 부르기에 이르렀다. 처음에 그 소리가 불만에서 나온 핀잔이였음에도 참 반가웠다. 우리는 그렇게 '여보'라 자유롭게 부르며 몇십 년을 살아왔다. 사랑하는 사람들이 부르는 소리가 어떻든지 간에 거기엔 사랑이 녹아 있다. 우리 부부가 좀 뒤늦게 안착한 '여보!'란 부름은 우리가 마음속에서 꾸준히 가꾸어온 사랑의 표현이다.

부부는 싸우면서 가까워진다고 한다. 상이한 가정에서 성장한 두 개체의 결합은 문화적 충돌을 피할 수 없기 때문이다. 예전에는 결혼식에서 신랑이 신부의 베일을 걷는 순서가 있었다. 그럼으로써 베일 속에 가려진 서로의 실체가 드러난다. 그래서 결혼의 아름다운 꿈은 실망에서 시작하기 일쑤다. 그러나 부부 생활이란 실망이 믿음으로, 갈등이 사랑으로 발전해가는 변화의 과정이라 말하고 싶다.

이 변화의 과정을 《달과 6펜스The Moon and Sixpence》로 우리에게 잘 알려진 영국의 노벨상 수상 작가 윌리엄 서머싯 몸이 그의 소설 《인생의 베일The Painted Veil》에서 감동적으로 묘사하고 있다. 천박하고 까다로운 키티 카르스틴은 부富와 사회적 지위 때문에 자기중심적이고 내성적인 세균학자 페인 월터와 결혼한다. 페인은 홍콩으로 전근되고, 함께 따라간 그의 젊은 아내 키티는 지루한 나날을 보내는 중에 그곳 영사관 관리인 바람둥이 찰리 타운센트와 간통한다. 페인은 그 사실을 알고, 키티는 페인에게 이혼할 것을 요구한다. 페인은 스스로 콜레라가 창궐하는 벽지로 자원해 떠나가면서 찰리가 본부인과 이혼하고 그녀와 결혼해야 한다는 것을 이혼 조건으로 제시한다. 자신의 경력을 중하게 여기는 찰리가 이 요구를 들어주지 않을 것을 페인은 잘 알고 있었기 때문이었다.

키티는 남편을 따라 콜레라 전염병이 창궐하는 죽음의 지역으로 함께 가는 것 외에 다른 선택의 길이 없었다. 그곳에서의 체류는 간통한 아내에게 주는 페인의 형벌이었다. 키티는 마음속의 공허, 전염병과 죽음에 대한 불안, 시간의 지루함에 휩쓸리지 않기 위해 자신을 지탱해줄 무언가를 찾으려 한다.

그러다가 그녀는 그곳에서 희생적으로 치료하는 남편과 프랑스 수녀들의 모습에 감명을 받아 주위의 만류에도 불구하고 스스로 어린아이들을 돌보게 되고, 진정한 사랑이 무엇인지를 깨닫게 된다. 여전히 키티를 용서하지 않았던 페인도 그녀의 변화된 모습을 보고 콜레라로 죽어가면서 그녀와 화해하고 서로의 사랑을 확인한다. 이 소설은 여주인공이 허영과 욕망이라는 굴레를 벗어가면서 이기적 사랑에서 희생적 사랑으로, 실망과 갈등이 용서와 화해로 변해가는 정화 과정을 삶과 죽음의 극한 상황에서 잘 묘사하고 있다.

《인생의 베일》의 주인공들처럼 정화된 사랑의 불꽃은 절망, 고독, 고통이란 연료를 태워야만 타오르는 것 같다. 내 결혼 생활을 반추해본다. 인간에겐 사랑하기 위해 아름다운 나이가 있는가 하면, 그 후엔 아름답기 위해 사랑해야 하는 나이가 오게 마련이다. 처음에 우리는 젊기에 이해와 양보가 부족한, 말하자면 받으려는 이기적 사랑을 한 것이 아닌가 싶다. 양파 껍질을 벗길 때처럼 눈시울을 적시며 우리는 서로에게 결혼 이전에 보여준 허식의 껍질을 벗겨내면서 서로의 실체를 이해해갔다. 결혼 초에는 서로 '양의 탈을 쓴 이리'라고 비아냥거리기도 했다. 결혼 전에 순하고 착하고 하자는 대로 주관 없는 듯이 행동했던 서로의 거짓된 모습에 대한 비판이며 서로에 대한 새로운 깨달음이었다.

그렇게 긴 세월이 흘러 이젠 지나간 결혼 생활을 뒤돌아보는 나이가 되었다. 우리는 긴 세월 동안 함께 같은 방향을 바라보고, 함께 노력하고 고통을 나누며 살아오면서 초년의 실망을 극복해왔다. 60세를 넘긴 노년기에 들어서야 비로소 믿음과 존경을 얻게 되었다. 젊음의 아름다움이 시간의 흐름 속에서 사라져 간 빈자리는 내면의 아름다움으로 채워져 갔다. 부부의 사랑이란 외로운 두 영혼을 서로 지켜주고 따뜻하게 보듬어주는 것이라는 것도 깨닫게 되었다.

부부의 사랑이란 장기와 바둑 놀이와 같아 혼자 놀기엔 재미가 없다. 파트너가 필요한 놀이다. 그러나 이 놀이에서는 이기면 이길수록 그만큼 잃게 된다. 이 놀이는 솔로가 아니라, 내 목소리보다 화음이 더 중요한 듀엣이어야 한다. 아내는 늘 사랑스러운 파트너였다. 이렇게 50년 넘게 긴 세월을 아내와 나는 서로를 의지하며 살아왔다.

요즘엔 우리에게서 '여보' 라고 부르는 소리가 점점 줄어들고, 그 대신 침묵 속에서 여러 가지 체언體言으로 마음을 교환한다. 아마도 노부부의 사랑은 눈에 보이지 않는다 해도, 마음으로 잘 느낄 수 있는가 보다. 그래서 노부부의 사랑이 아름답다고 하는 것은 말하지 않아도 서로 가슴으로 이해할 수 있기 때문이 아닌가 싶다. 그렇다! 내가 평시보다 오래 서재에 앉아 있노라면 아내는 어김없이 가볍게 노크하며 슬며시 열린 문틈으로 얼굴을 내민다. 그럴 때면 우리는 '여보' 대신에 눈인사를 하며 미소를 나눈다.

그러나 내가 화장실에서 좀 오래 꾸물거리며 있을 땐 상황은 달라진다. 아내는 크게 노크하며 소리친다.

"여보, 괜찮아!?"

"응, 걱정 마, 여보!"

젊었을 땐 대부분이 불만과 핀잔의 부름이었던 '여보'가 오랜 세월 함께 살면서 이젠 염려와 의지와 사랑의 소리로 들린다. 침묵 속의 체언과 '여보!'란 한마디 부름 속에 세월이 흐를수록 쌓인 노부부의 인생과 짙은 사랑의 싱그러움이 풍기고 있지 않은가!

'여보!', 나는 오늘도 조용히 마음속으로 아내를 부른다. 행복을 품은 사랑이 부르는 소리다. 반세기 넘게 그 숱한 삶의 질곡을 함께 견뎌온 그 자체가 존경스럽다. 이렇게 우리는 오래오래 살고 싶다.

은사의 사랑을 그리며

정년 퇴임한 지 20년이 지났지만 해가 갈수록 깊어지는
두 가지 감회가 있다. 제자들에게 사랑을 다하지 못한 후
회와 은사들에게 제자 노릇 못한 유감이다. 재직 시절에
스승의 날이면 과 대표들이 카네이션을 저고리 윗주머니
에 꽂아주고, 어떤 학생은 책상 앞에 작은 화분을 놓아주
기도 했다. 그땐 매년 반복되는 일상으로만 받아들였을 뿐
이다. 게다가 나는 스승의 날에 오늘의 나를 있게 해주신
은사님들을 생각조차 하지 않았다. 퇴임 후에 시간이 흘러
가면서 옛날의 후회와 죄스러움이 가슴을 아프게 한다. 뒤

늦게 철들어갔던 모양이다.

돌이켜보건대 부끄럽게도 지극히 어려웠던 나의 수학
시절은 어떤 훌륭한 선생님들에게서 삶의 지혜와 학문의
길을 배우고 깨달을 수 있는 여유와 관심을 나에게 허락
하지 않았다. 학문한다는 것을 목적이 아니라 오직 살기
위한 수단으로만 생각했기 때문이었다. 독일 유학도 그래
서 간 것이었고, 전공도 독문학이 아니라 화학으로 바꾸려
했다. 다행히도 나는 독일 대학에서 공부하면서 학문의 순
수한 의미를 배웠고, 잠시나마 전공을 바꾸려고 생각했던
것이 부끄러웠다. 그리고 지금도 스승의 날이면 잊을 수
없는 은사이신 베르너 켈러 교수를 만나게 되었다.

살아가노라면 누구나 고통의 시간은 있게 마련이다. 그
러나 박사 과정 학생에게 지도교수의 죽음은 말할 수 없
는 큰 고통이다. 처음 내 논문의 지도교수는 H. 싱거 선생
님이었다. 그가 암으로 작고하여 내가 1년 반을 고통의 미
로에서 헤매고 있었을 때, 켈러 선생님은 나를 사랑으로
품어주시고 학위를 끝낼 수 있도록 이끌어주셨다. 말하자
면 그분과의 만남은 오늘의 내가 태어날 수 있었던 순간
이 아닐 수 없다.

새 지도교수를 만나려면 다른 교수의 세미나를 수강할

수밖에 없었다. 두 학기째에 켈러 선생님의 하우프트세미나Hauptseminar를 신청하러 면담 시간에 찾아갔을 때 그분이 먼저 말을 꺼냈다. "헤르 이, 전번 학기 세미나 레포트가 좋았어요. 이번에 열심히 해보세요. 그러고 나서 당신의 논문 문제를 상의해봅시다." 뛸 듯이 기뻤다. 싱거 교수님의 죽음과 그 제자들의 문제가 학과 내의 화제였고, 아마도 동양인인 나의 고민도 켈러 선생님이 아시리라 여겼다.

새로운 용기와 열정으로 논문을 써갈 때 어느 날 강의동 복도에서 그와 마주쳤다. 입술이 하얗게 마르고 초췌한 내 모습에 켈러 선생님은 내 손을 잡고 어깨를 토닥여주면서 "헤르 이, 언젠가는 그날이 꼭 있을 것일세. 열심히하게!"라는 말로 격려해주셨다.

그는 괴테 문학의 세계적인 석학으로 이름나 있었다. 그가 미국 대학에 초청되어 갔을 때 호텔에서 예기치 않은 사고로 허리를 다쳤다. 강의할 때마다 디스크 통증으로 심호흡하며 잠시 강의 리듬이 끊기는 것을 느낄 수 있었다. 그럼에도 선생님은 별명이 책벌레일 정도로 밤늦게까지 연구에 몰입했다. 그는 자동차 운전을 할 줄 모르기 때문에 연구실과 댁 사이를 걸어서 다녔다. 집으로 가는 길 중

간쯤에 있는 삼거리 모퉁이에서 옆길에 있는 내 2층 서재
의 창문이 보이는데, 선생님은 밤에 댁으로 가면서 그 창
에 불이 켜 있는지 자연히 보셨던 모양이다.

어느 날 밤늦은 시간에 초인종이 울렸다. 문을 열어보니
선생님이 미소를 띠고 문 앞에 서 계셔서 너무나 놀라고
당황했다. 선생님은 앉지도 않고, 끝내 음료수도 마다하시
며, 서재의 책들과 내가 읽고 있는 책을 보시고 꼭 필요한
좋은 책을 읽고 있다고 격려하시며 말씀하셨다.

"늘 집에 가면서 불 켜진 창문을 보고 열심히 하는구나
생각했지. 밤늦게 갑자기 찾아와 미안하네. 그래도 한번
어떻게 지내며 공부하는가 눈으로 직접 보니 참 좋네."

이것이 선생님의 처음이요 마지막 내 집 방문이다. 한국
독어독문학회 회장으로 있을 때 학회에서 한국에 초청하
려고 했으나 병환으로 오시지 못했다.

한번은 그분의 생일 파티에 초대되었다. 나를 포함해서
10여 명의 손님들은 식사 후에 치즈와 포도주를 즐기면서
대화라기보다는 이런저런 학문적 테마에 대한 토론에 시
간 가는 줄 몰랐다. 독일어도 달리고 학문적 지식도 부족
한 터라서 나는 잔뜩 긴장하고 위축될 수밖에 없었으나,
독일 최고 지성들의 파티 문화를 체험할 수 있어서 많은

것을 느끼고 생각하고 배울 수 있는 기회였다.

그날 파티에는 학문으로 맺어진 세 세대의 손님들이 참석했다. 노교수 한 분은 유명한 게르하르트 프리케 교수로 켈러 선생님의 은사이고, 내가 강의를 들었거나 듣고 있는 동료 교수님들, 그리고 선생님의 초대를 받은 네 명의 박사 과정 학생들이었다. 프리케 교수님은 동양인인 나에게 특별한 관심을 보이고 호기심 있게 여러 가지를 물으며 대화를 나누셨고, 나중에 그의 저서 한 권을 보내주셨다.

학문으로 맺어진 세 세대의 파티, 학문적 이론과 지식의 거침없는 교차, 학문에 임하는 진지한 태도와 강의와 연구에 경주하는 끈질긴 노력 등, 학자들의 꾸밈없는 대화 속에서 울리는 이 모든 것이 나에게 학문하는 의미가 무엇인지를 가르쳐주었고, 학위 논문을 완성할 수 있는 인내와 힘을 주었다. 무엇보다도 켈러 선생님의 스승을 존경하고 제자를 사랑하는 마음이야말로 교수를 꿈꾸는 내가 귀감으로 삼아야 할 것이었다.

독일 대학에서는 입학식도 졸업식도 없다. 박사 학위는 학기 초와 말에 총장실에서 지도교수 참석하에 전체 학위 수령자에게 총장이 직접 수여한다. 나 때에는 모두 열세 명이었다. 수여식이 끝났을 때 선생님은 악수하며 가볍게 포옹하면서 격려해주셨다.

"헤르 이, 드디어 아들을 낳았군. 그 아들을 잘 키우는 것은 순전히 당신 몫이오."

문밖에선 사모님이 꽃다발을 건네며 축하해주셨다. 도서관 책벌레들은 서로 낯을 익히면서 만나면 목례나 손목을 흔들어 인사를 나눈다. 어느 날 누군가가 검은색 정장을 하고 '박사 학위를 지금 막 받았으니 날 좀 보라'는 듯이 도서관 휴게실에 앉아 있으면 안면 있는 학생들은 아낌없는 축하를 해준다. 나도 그 꽃다발을 들고 도서관 휴게실에서 '날 좀 보소' 하고 앉아 있었다. 아내가 2층 창문을 열고 밖을 쳐다보며 나를 기다리다 차에서 내리는 내 표정을 보고 양팔을 높이 들고 흔들면서 환영해주었다. 밤에는 한국 학생회에서 축하 파티도 열어주었다. 쾰른 음대 유학생들의 축하 연주도 있었다. 이런 영광과 기쁨 모두가 선생님의 은혜라 생각했다.

그 후 50년 가까이 지났다. 은사님은 책은 물론 논문의 별쇄본까지 "사랑과 함께, 필자로부터"라고 사인해서 보내주셨다. 그때마다 감사의 서신을 보냈고, 독일에 가면 댁으로 찾아가 인사드리곤 해왔으나, 최근 들어 그것도 등한히 하게 되었다. 제자로서 스승을 잘 섬기고 스승으로서 제자를 사랑하겠다던 초심은 사라져 가고, 살아가면서 스승과 제자의 관계에 대한 생각이 옛날과는 달리 실리적으로 변해가지 않았나 변명해본다. 결과적으로 은사에 대한 자책감만이 남는다.

올해 5월 스승의 날에 학과의 저녁 식사에 초대되어 갔다. 노교수들이 퇴임하고, 제자들이 그 자리를 대신하면서 젊은 전임 교수들이 스승의 날에 사은회를 조촐하게 마련했다. 그런데 이번엔 40여 명이 참석해서 크게 놀랐다. 은퇴한 교수들과 제자 교수들, 그리고 박사 과정과 석사 과정 학생들, 3대가 모였다. 켈러 선생님댁의 파티가 떠올라서 마음이 흐뭇해졌다.

대화가 한창일 때 옆에 자리한 L 교수가 켈러 선생님이 작년에 돌아가셨다는 소식을 나에게 말해주었다. L 교수는 괴테를 전공한 한국 괴테학회 임원이었고, 선생님은 그 학회에서 오랫동안 고문으로 계셨기 때문에 아마도 독일 괴테학회에서 연락이 와서 알게 된 모양이다. 그 순간 나는 너무나 놀랐으나, 그보다 나 자신이 무엇인가 큰 잘못을 뒤늦게 깨우친 죄인처럼 느껴졌다. 왜 연락을 주지 않으셨을까, 연락을 받았다면 즉시 문상하러 날아갔을까, 아니면 거리와 시간을 핑계로 주저앉아 있었을까, 무슨 낯으로 사모님을 뵐 수 있을까….

선생님을 뵌 지가 벌써 3년이 넘었다. 3년 전 아내와 함께 찾아갔을 때 그는 문 앞에서 미소를 머금고 기다리고 있다가 사모님의 편지를 건네주셨다. 내용인즉 사모님이 독감으로 누워 있기 때문에 집에서 우릴 영접할 수 없어 미안하다는 것이었다. 나는 인근 숲속의 호반에 있는 '하우스 암 제Haus am See(호반의 집)'라는 제법 고급스러운 레스토랑으로 모시고 가서 점심 식사를 대접했다. 식사 후 그는 공원을 산책하며 나에게 말했다.

"헤르 이, 이제 보니 우리 다 같이 늙을 만큼 오랜 세월이 지났으니 이젠 두첸duzen(친구로 말을 트자는 뜻)하며 지내는 게 어때?"

"선생님, 전 불편해서 그대로 있는 게 좋아요. 우리나라에서는 스승의 그림자도 밟지 말라는 격언이 있어요."

그는 그냥 웃으면서 어깨만 으쓱했다. 그것이 우리의 마지막 만남이었다. 사은회 분위기는 환담과 덕담으로 무르익어 가는데, 나만이 선생님의 부음으로 깊은 생각에 빠져들었다. 이 나이가 되도록 나의 정신과 학문의 길을 이끌어주신 선생님들을 생각해본다. 수학 시절을 거치면서 수많은 선생님에게서 배우며 성장해갔지만, 지금은 몇 분의 성함만 기억할 뿐이다.

은사가 없었던 것이 아니라 내가 받아들일 마음의 여유와 능력이 없었던 것이다. 불행 때문이었을까, 아니면 오만했기 때문이었을까. 선생님들의 정성 어린 가르침을 받아들이지도, 따뜻한 사랑을 느끼지도 못했던 내가 부끄러워졌고, 그러니 제자 사랑도 제대로 했을 리 없다는 자책감에 빠져들었다.

이런 생각에 젖어 있을 때 나를 부르는 소리에 놀라 사회자를 바라보니 덕담을 해달라는 것이었다. 생각할 겨를도 없이 조금 전까지 잠겨 있었던 생각의 결론이 튀어나왔다.

"여러분, 여기엔 학문으로 맺어진 세 세대가 즐거운 자리를 함께하고 있습니다. 감회가 깊습니다. 나는 50년 전 독일에서 공부할 때 은사님의 생일 파티에서 오늘과 같이 뜻깊은 자리를 경험했기 때문입니다. 그런데 조금 전에 선생님이 돌아가셨다는 소식을 들었습니다. 지금 저는 한 분의 은사님이라 해도 마음속에 품고 있었다는 것이 얼마나 큰 행복이었으며, 그분의 국경을 넘어선 사랑이 얼마나 극진했는지를 여든 살을 훌쩍 넘기고서야 절실하게 느끼고, 그 사랑을 외면하고 살아오지 않았느냐는 부끄러운 생각에 빠져듭니다. 여러분은 저처럼 늙어서 후회하는 사람이 되지 마세요. 현직에 있는 교수님들은 제가 못다 한 제자 사랑을 아낌없이 베풀어주시고, 학생들은 비록 한 사람의 은사라 할지라도 그분이 있어 행복할 수 있다는 것을 저처럼 뒤늦게 깨닫지 마시길 부탁드립니다. 감사합니다."

오늘따라 은사에 대한 생각이 간절해진다. 젊은 시절의 나를 어두운 방황의 미로에서 구해 학문의 길로 인도하고 문학을 사랑하도록 이끌어주신 분이다. 그분의 사랑의 손길이 아니었다면 지금 나는 어디에서 무엇을 하고 있을지 모른다. 감사하고 죄송한 마음뿐이다. 코로나19가 진정되어 해외여행이 가능해지면 은사님의 무덤 앞에 '아들(학문)을 잘 키우라'는 사랑의 말씀을 미력하나마 지켰노라고 마지막 출간된 책 한 권을 올리고 사죄하련다.

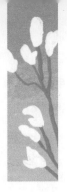

꽃잎은 떨어져도, 꽃은 지지 않는다

내 서재 앞 창 넘어 발코니에는 제법 큰 철쭉 화분이 놓여 있다. 초여름이면 아파트 입구 옆 화단에 옮겨져 그곳에서 늦가을까지 집 밖에서 자라다가 겨울 추위를 피해 서재 앞 발코니의 원래 자리로 돌아온다. 밖에서나 집안에서나 아내는 정성껏 물을 준다. 45년을 그랬다.

그러니까 그 철쭉나무는 우리집에서 45년을 우리와 함께 지냈다. 1976년에 우리 대학 독일어과 주최로 우리나라에선 처음으로 오영진의 희곡《맹진사댁 경사》가 독일어로 번역되어 드라마 센터에서 공연되었다. 처음 있는 독일어 연극이기 때문인지 학생, 일반인, 주한 독일인까지 관객들이 꽤 많았다. 서울 시내 대학들에서 보낸 축하 화분들은 극장 입구를 화려하게 장식했다. 공연이 끝난 날 나는 철쭉꽃이 가득 핀 화분 하나를 품에 안고 집에 왔다. 이렇게 철쭉은 우리집 새 식구가 되었다. 그때 그것은 나의 품에 안길 정도의 크기였다.

한 달 후에 둘째 딸아이가 태어났다. 자연스럽게 그 화분의 철쭉나무는 둘째 딸의 출산을 축하하는 동갑내기가 되었다. 처음에는 화분이 별로 크지 않았기에 양지바른 거실 한 모퉁이에 1년 내내 놓여 있었다. 이사 갈 때면 우리 내외는 그 철쭉 화분을 조심스레 옮겼다. 해를 거듭하며 철쭉꽃이 피고 지는 사이에 꽃나무는 자라고, 가지치기와 화분 갈이를 여러 번했다. 언제부터인가 그 녀석은 집안 거실에만 있기엔 너무 크고 답답해 보여 바깥 화단으로 옮겨졌다. 요즘엔 경비 아저씨 두 분이 운반할 정도로 무겁고, 줄기도 굵고 모양새 있어 풍기는 모습이 의젓하기까지 하다. 화분의 철쭉나무는 초여름부터 늦가을까지 비바람과 이슬을 맞으며 훨씬 싱싱해져서 내 서재 앞 창가에 다시 자리 잡고 반갑게 인사한다.

나는 이 나무 덕분에 누구보다 일찍 봄의 향기를 맡는

다. 한겨울 추위가 여전히 느껴지는데 푸른 나뭇잎 사이에
선 하얀 꽃망울이 슬며시 머리를 내미는가 싶더니, 며칠
뒤엔 앳된 연분홍 입술을 살짝 벌리고 나에게 키스를 던
지며 창유리에 노크한다. 이 녀석들은 질투도 많이 하는가
보다. 아침마다 푸른 잎들 사이 곳곳에서 삐죽삐죽 경쟁하
듯 얼굴을 내밀더니 서둘러 자태를 뽐낸다.

　드디어 나는 제일 먼저 활짝 핀 한 송이 철쭉꽃을 발견
하고, 새봄을 맞이하는 기쁨을 만끽한다. 그리고 아침마다
책상에 앉기 전에 고개를 내밀어 인사하는 녀석들을 하나
둘 센다. 하지만 몇 날이 지나면 세기를 포기하고 만다. 엊
그제 아래쪽에 활짝 핀 꽃 한 송이가 교태를 자랑하더니,
어제는 수십 송이가 피어났고, 오늘은 연록색이 반쯤은 연
분홍으로 물들여졌다. 그리고 며칠 후면 나무는 온통 진분
홍 꽃잎으로 뒤덮일 것이다.

　모든 것이 너무나 아름답고 황홀하다. 나는 화분에 심어
진 한 그루의 철쭉나무에서 펼쳐지는 생명의 신비로운 유
희를 보고, 자연이 주는 선물에 행복해한다. 40여 일의 꽃
잔치는 나에겐 자연의 섭리를 진지하게 느낄 수 있는 축
복이다. 더위가 기승을 부릴 때가 오면 꽃잎이 떨어지기
시작한다. 그러면 윤나고 생기 있는 짙푸른 잎들은 시들은

꽃들을 품어주고, 꽃잎 잃은 초라한 모습을 감춰준다. 봄을 보내는 내 아쉬움도 위로해준다. 아니, 그뿐이랴. 철쭉꽃은 새봄엔 더 예쁜 모습으로 찾아오리라, 나에게 약속하며 속삭인다.

"꽃잎은 떨어지지만, 꽃은 지지 않아요."

철쭉나무처럼 우리 둘째 딸도 무럭무럭 잘 자랐다. 결혼해서 부모 슬하를 떠나 한 가정에 사랑의 뿌리를 내린 지 20년이 넘었다. 꽃나무 가지치듯 두 자식을 키웠고, 아내로서, 어머니로서, 주부로서 살림하고 가르치며 살아가는 세파 속에서 그녀의 사랑 역시 철쭉꽃이 피고 지듯이 때론 넘쳤고, 때론 아쉬웠다. 하지만 그것은 성숙의 과정일 뿐이다. '꽃잎은 떨어져도 꽃은 지지 않듯이', 우리 딸의 사랑 역시 메마르지 않을 것이다. 그것이 엄마 사랑의 진면목이리라.

서재 창문 앞에 활짝 미소 짓고 있는 철쭉꽃을 보며 이 글을 쓰고 있을 때, 서재의 문을 노크하며 살며시 반쯤 열고 둘째 딸아이가 미소 띤 얼굴을 삐죽 내밀며 인사한다.

"아빠, 나 왔어."

"응, 너구나. 어서 오너라."

한 송이 활짝 핀 철쭉꽃이 너무나 예뻤다. 철쭉꽃처럼

그렇게 사랑의 꽃을 피우며 아름답게 살아가길 기원하는 마음에 왠지 오늘 따라 이렇게 살아 있음에 감사하고픈 느낌이 스며든다.

사랑을 일깨우는 나눔의 힘

나는 논산훈련소에서 기초훈련을 마치고 보충대로 넘어
왔다. 이미 거기엔 나처럼 주특기가 의무병과인 100여 명
에 가까운 신병들이 일주일 넘게 무료한 시간을 보내며
배치 명령을 기다리고 있었다. 내 옆에 취침한 병사는 순
박하고 착해 보이는 시골 청년이었다. 나보다 나이가 어린
탓인지 일주일 넘게 함께 지내는 동안 나를 잘 따랐고, 우
리는 많은 대화를 나누며 친하게 지냈다.

어느날 갑자기 내무반이 술렁이기 시작했다. 약제장교
제도가 없어지고, 대신에 약대 졸업생만으로 구성된 45명의 신병들이 입소했다는 것이다. 본래 50명 정원인데 5명이 탈락했기 때문에, 그 부족 인원을 일반 의무병과 대기자에서 차출한다는 이야기가 돌았다. 소문대로 의무병 전체와 대기 병사들이 한 막사 안에 소집되었다. 덩치가 크고 건장한 특무상사가 긴 몽둥이를 들고 들어와 위협적으로 명령했다.

"여기서 고졸자들은 전부 막사 밖으로 나가라."

반 이상의 인원이 나갔다. 이어서 그는 인문대학 출신도 나가라고 명령했다. 20여 명이 나갔다. 독일 문학을 전공한 나는 눈을 지그시 감고 버텼다. 이윽고 시험지로 백지 2장씩 주어졌고, 각자 무엇이든 약학에 관해 아는 것을 쓰라는 것이었다. 나는 순간 아찔했으나, 이내 한 가닥 희망을 가질 수 있었다.

다행히도 입대하기 전에 이스트 생산 공장에서 독일인 기사의 통역으로 일한 적이 있었다. 통역을 하기 위해서는 이스트 생산 과정을 정확이 파악해야 했고, 겸해서 화학기호나 방정식도 해독해야 했다. 그 덕분에 나는 시험지가 부족할 정도로, 가급적 화학기호와 방정식을 이용하면서 기술할 수 있었다.

이튿날 오후에 발표된 합격자 5명 중에 내 이름이 들어 있었다. 뛸 듯이 기뻤다. 그러나 기쁨은 한순간이었다. 특무상사는 나를 슬며시 불러 돈을 요구했다. 액수는 지금 정확히 기억할 수 없으나 내 지참금을 전부 털어도 부족했다. 실의에 빠져 고민하는 내 모습을 보고 시골 친구는 그 이유를 끈질기게 캐물었다. 나는 말하지 않을 수 없었다. 나는 새벽까지 잠을 이루지 못했다. 그 친구도 계속해서 뒤척였다. 다음 날 오전에 특무상사와 만나기로 한 시간이 다가오자 그는 악수하듯이 내 손을 잡고, 슬며시 돈을 건네며 말했다.

"형, 용기 내. 내 비상금 빼고 이게 전부야."

한참 서로 실랑이를 벌였다. 꼭 갚을 심경으로 그 친구의 주소를 물었으나 끝내 알려주지 않았다. 할 수 없이 나는 내 주소만을 주었고, 그 길로 그 친구와 변변한 인사도 나누지 못한 채 별도의 막사로 배치되었다. 그날 바로 45명의 약대 졸업생들과 함께 야간열차로 출발해서 마산 군의관학교에 도착했다.

나는 지금도 이름 석 자 외에 그에 대해서 아무것도 모른다. 그를 생각할 때마다 나는 이기주의자로 전락하고 만다. 사실 그렇다. 지금 생각하면 어떻게 내 목적을 위해 그 돈을 받을 수 있었으며, 왜 부정한 요구를 과감히 거절하지 못했느냐는 자책에 빠져든다. 사람들은 가지면 가질수록 더 가지려 한다. 아는 사람을 돕는 것, 여유 있을 때 여유 있는 것을 베푸는 것은 쉽게 할 수 있는 일이다. 그러나 알지 못하는 사람을 돕는 것, 더구나 같은 곤경 속에서 나보다 더 어려운 사람을 돕는 것은 결코 쉬운 일이 아니다.

이 희생의 선한 마음씨는 결코 대가를 전제하지 않는다. 순박한 그 시골 친구가 그러했다. 그 친구 덕분에 나는 좋은 약제병과에서 교육받을 수 있었지만, 그는 나 때문에 무척 고생했을 것이다. 그가 아무 대가 없이 나를 도운 일이 얼마나 어려운 일인지 나이 들어갈수록 더 깊게 느껴진다. 아마도 그는 평생을 그렇게 선하게 살고 있을 것이다. 어쩌면 그때의 일을 까맣게 잊고 있을지도 모른다. 덕행은 베푼 자와 받는 자 모두에게 좋은 것이지만, 받는 자에겐 마음의 빚으로 남아 있기 마련이고, 베푼 자에겐 이미 보상되어 잊히기 때문이다.

그때의 나의 비겁한 선택이 잊히지 않은 채 내 마음속에 웅크리고 있다. 다른 사람의 고통을 내 편익의 수단으로 삼았던 내 마음의 빚은 이자처럼 불어난다. 그러나 빚을 갚을 길이 없다. 내가 처음 경험한 그의 선행은 이제 내 양심의 소리가 되어 때로는 천사의 부드러운 목소리로, 때로는 냉정한 빚쟁이의 목소리로 자신의 빚을 갚으라고 한다.

이웃과 사회를 위해 나는 무엇을 했는가? 지금 돌이켜 생각해보면 조건 없는 베풂이 곧 순수한 '이웃 사랑'임을 깨닫지 못했고, 노년에 이르러 보니 다른 사람을 위해 도움도 사랑도 베풀지 못하고, 오히려 받고만 살아온 것 같아 부끄럽기만 하다. 기억 속에 남아 있는 마음 빚의 원금은 차치하고라도 이자마저 갚지 못하고 있다. 짧은 여생에 더 늦기 전에 살아온 삶에 감사하며 이웃과 사회에 베풀 수 있는, 작지만 보람 있는 일을 실천해야겠다. 나에게 사랑을 가르쳐준 천사에게 진 마음의 빚을 조금이나마 갚기 위해서.

약속이라는 이름의 기적

어릴 적엔 정말로 부유하게 살았다. 그러나 6·25전쟁은 우리 집안을 파경으로 몰아넣었다. 큰 사업을 하셨던 아버지는 사업에서 재기하지 못했고, 우리집은 가난 때문에 1955년에 고향인 대전에서 서울로 이사했다. 이사한 지 1년 만에 어머니는 고생을 견디지 못하고 돌아가셨다. 그때 나는 고등학교를 갓 졸업했고, 바로 밑 동생과 막냇동생은 중학교 1학년과 초등학교 3학년이었다.

이렇게 해서 가사는 내 몫이 되었다. 하루는 막냇동생이 학교 갈 때 혹시나 어머니의 죽음으로 기죽지 않을까 걱정해서 어머니의 자두색 옷고름으로 나비넥타이를 만들어 셔츠 목에 매어주었다. 오후에 담임 선생으로부터 방문해달라는 연락이 왔다. 여 선생님이었다. 나를 보자마자 그녀는 내가 나비넥타이를 만들었느냐고 물었다. 막냇동생의 나비넥타이는 풀기가 있던 아침의 모양과는 달리 풀이 죽고 축 늘어져 정말 흉측해 보였다. 담임 선생의 눈시울이 젖어 있었다. 그녀는 막내는 여전히 쾌활하고, 공부도 잘하며, 만화로 인기가 대단하니 조금도 염려하지 말라고 위로하면서 예쁜 나비넥타이를 슬그머니 내 앞에 내놓았다. 그 순간 나는 정말 감사했으나 부끄러웠고, 막내가 더없이 측은해 보였다.

가난이 싫었다. 가난에서 벗어나기 위해서, 돈 없고 뒷배 없는 우리들에게 유일한 방법은 유학밖에 없다고 진작부터 생각해왔다. 그렇게 내심 꾸준히 준비해왔다. 아버지는 1966년에 돌아가셨다. 어머니가 돌아가신 지 꼭 10년 만에 우리들은 고아가 된 셈이다. 그때 이미 내 호주머니 속에는 여권이 들어 있었다. 아버지가 돌아가신 지 7개월 후에 150달러를 쥐고 드디어 부산에서 배를 타고 독일로 출발했다.

부산에서 현해탄을 건너는 한일 정기선으로 고베까지

가고 그곳에서 요코하마–마르세유를 운항하는 정기 여객선을 타야 했다. 출발 전날 나와 두 아우는 부산 부두 근처에 있는 어느 판자집 여인숙에서 소주잔을 주고받으며 미래를 꿈꾸면서 각오를 다졌다. 한 치 앞을 예측하지도 못하면서 나는 바로 아래 동생에게 말했다.

"하늘이 무너져도 1년 후에 네 입학허가서와 비행기표를 꼭 보낼 테니, 너는 아무 생각하지 말고 독일어 공부만 열심히 해라. 그리고 후일에 동생을 책임져야 한다."

이렇게 우리 3형제는 굳게 약속했다. 그때 바로 아래 아우는 군에서 막 제대한 상태였다. 그는 복학 등록을 포기하고 독일어 공부에 열중하겠다고 약속했다. 막내는 〈한국일보〉에 만화를 투고해서 저 혼자 사는 데는 별 문제가 없었다.

출발하는 날 맏형님이 왔고, 우리 4형제는 오후 석양이 들 무렵에 작별했다. 배에서 육지가 점점 멀어졌다. 내 시야에서 건물들의 윤곽이 사라지고 멀리 산 능선만 보이다가 마침내 수평선 너머로 사라졌다. 나는 처음으로 한국에서 벗어났다. 앞으로 내 조국이 나에게 어떤 모습으로 다가올지, 그리고 내가 어떤 모습으로 조국으로 돌아가게 될지, 머릿속이 착잡했다. 현해탄의 파도가 거칠어지면서 심한 뱃멀미로 고생했다.

　고베항을 거쳐 이틀 만에 요코하마에 도착했다. 도쿄 관광을 위해 배에서 내렸을 때, 거리의 전봇대마다 붙여 있는 구인광고에 놀라지 않을 수 없었다. 도쿄로 가는 지하철이 신기했고, 차 안에 앉은 사람이나 서 있는 사람들 모두가 책이나 신문 등을 읽고 있었다. 촌닭 같은 이방인이 가장 가까운 이웃나라인 일본에서 처음으로 받은 문화적 충격은 나로 하여금 많은 생각을 하게 했을 뿐만 아니라, 독일에서의 삶에 대한 호기심과 불안도 함께 안겨주었다.

　독일에 도착한 후 나는 약속을 지켜야 한다는 일념에서 열심히 일했고, 1년 후에 입학허가서, 초청장, 비행기표를 아우에게 보낼 수 있었다. 마침내 우리 형제는 독일에서 함께 공부하게 되었다. 내가 기대했던 대로 동생은 1년 내에 쾰른대학에서 어학 시험에 거뜬히 합격했고, 전공을 시작하기 위해 150킬로미터 떨어진 뮌스터대학으로 옮겨 갔다. 동생은 주말과 방학 때마다 레버쿠젠에 있는 제약회사와 병원에서 아르바이트를 해서 1년 후에 내게 진 빚을 모두 갚기까지 했다.

　동생이 온 그해 늦가을에 대학 전임강사였던 맏형님이 철학 박사 학위를 얻기 위해 뮌헨에 도착했다. 이렇게 해서 우리 3형제는 뮌헨에서 만나서 모처럼 뮌헨 시내와 주변을 즐겁게 관광했다. 맏형님은 2년 반 만에 학위를 마치고 귀국했다.

1975년 겨울 학기에 내가 독문학으로 학위를 마쳤다. 봄 학기에 맞춰 한국에 귀국하기 전에 몇 개월의 여유가 있었다. 막내는 셋째 덕분에 이미 몇 개월 전에 독일에 와 있었다. 때마침 큰누님도 여행 와서 우리 형제는 장장 5,500킬로미터에 달하는 유럽 여행을 즐겼다. 이 여행이 《먼 나라 이웃나라》의 시작이었다.

이로써 우리 형제들이 부산 부둣가 어느 판자 여인숙에서 다짐했던 약속이 완전히 실현되었다.

우리 형제들 모두가 이젠 여든 살과 일흔 살을 훌쩍 넘겼다. 우리에게 얼마 남지 않은 아까운 시간이기에, 우리는 매달 저녁 식사를 함께한다. 그럴 때마다 부산에서의 약속은 아무리 반추해도 끊임없이 우리들의 정서에 촉촉이 배어드는 행복의 즙이다. 가난을 이야기하는 것은 내키지 않는 일이고, 내 인생의 한 매듭을 기적이라 말하는 것도 과장된 것 같아 쑥스럽다. 그럼에도 그 약속을 떠올릴 때마다 이 모든 것이 가난과 형제 사랑이 일군 기적인 것만 같다.

살아 있음을 사랑하기

옛날에 K 교수에게 1년간 독일어를 사사한 적이 있다. 그의 집에 가면 부인은 정성스레 음료수를 대접했다. 인자한 인상에다 퍽 교양 있어 보였다. 하지만 큰 체구에 꽤나 뚱뚱해서 젊은 내 눈에 비친 그녀의 모습은 결코 아름답다고 할 수 없었다. 그런데 매번 어김없이 K 교수는 음료수를 놓고 가는 부인을 보고 나에게 말했다.

"이 선생, 우리 집사람 참 예쁘죠!"

"아, 예…. 그, 그럼요. 참 고우시죠."

부인이 가벼운 미소를 띠고 물러나는 동안에 나는 매번

적절한 대답을 찾느라 버벅거렸다. "예쁘다"는 표현은 나이 어린 내가 쓰기에 맞지 않는 것 같고, "아름답다"는 말은 더더욱 아니었다. 대신에 "곱다"라는 표현이 적절한 것 같았다. 그런데 요즘엔 내가 "예쁘다"란 말을 서슴없이 사용한다. K 교수가 그때 말한 '참예쁨'의 뜻을 이해하는 데 긴 세월이 걸렸다.

사랑에는 두 가지 형태가 있다. 에로스eros적 사랑과 아가페agape적 사랑이다. 그리스신화에서 나온 에로스는 일찍이 플라톤에 의해서 불안전한 자아 인식에서 완전하려고 노력하는 인간의 정신이라는 철학적 개념으로 쓰이기 시작해서 정신적 사랑, 이른바 플라토닉 사랑의 근원이 되었다. 근래에 와서 프로이트에 의해 성 본능이나 자아본능을 포함한 생의 본능으로 사용되기 시작했다. 이제 에로스는 성적인 욕망이나 감정을 자극하는 '에로틱Erotic'이란 형용사와 연관되어 플라토닉 사랑과는 완전히 다른 의미에서 오직 육체적이고 관능적인 사랑을 의미하게 되었다.

성적 욕망은 에로스적 사랑의 본질적인 요소다. 사랑하는 두 사람은 성관계를 통해서 서로 기쁨을 주고받으며 성은 이들을 가장 강렬한 관계로 맺게 하는 수단이 된다. 에로스적 사랑은 성적 파트너인 연인과의 합일을 전제한다. 따라서 사랑하는 두 사람은 상대방을 완전히 소유하고 싶어 하거나 반대로 그 대상에 종속하고 싶어 한다. 소유와 종속 형태로 이루어지는 사랑은 모두가 이기적 사랑이라 할 수 있다. 왜냐하면 소유하려는 사랑은 그 욕구가 충족되면 사랑의 열정은 모두 다 타 없어지고 한낱 무상한 사랑일 뿐, 영속될 수 없기 때문이다. 만일 더 좋은 사람이 나타나면 사랑의 열정은 새로운 사람을 지향해서 파트너를 바꿀 수 있다. 에로스적 사랑은 젊고 아름다운 대상을 사랑하는 지극히 평범한 사랑으로, 여기에는 상호 간의 믿음, 존경, 동정심 같은 것이 사라질 수 있는 위험이 도사리고 있다.

이 같은 에로스적 사랑의 특성과는 달리 아가페적 사랑은 종교적인 것으로, 기독교에서 말하는 인간에 대한 신의 사랑이나 자기를 희생함으로써 실현되는, 인간의 신과 이웃에 대한 무조건적 사랑을 말한다. 이 사랑이 지향하는 것은 사랑의 대상을 바꾸는 일이 없는 절대적 사랑이다. 죽음까지도 초월한 '참된 사랑', '소유적 사랑이 아니라 희생적 사랑'이다. 그래서 아가페적 사랑은 연인과의 합일을 전제하지 않고 베푸는 것으로, 하느님의 사랑, 이웃 사랑, 원수에 대한 사랑 같은 순수한 영적 사랑을 말한다. 또

한 사랑하는 주체와 주체 사이의 긴장 관계에서 이루어지는 일방적인 고독한 사랑이라 할 수 있다.

아가페적 사랑은 에로스에서 분화되었던 정신적 사랑과 육체적 사랑의 통상적인 이원론적 관점을 흔들어놓았다. 플라톤의 고귀한 정신적 사랑도 아가페적 사랑 앞에서 에로스 본래의 의미로 귀속되어 '통속적인 사랑'으로 밀려나고, 그 자리를 기독교의 아가페적 사랑이 대신하게 되었다.

이 같은 본질의 차이에도 불구하고 이 두 상이한 사랑은 마치 동전의 양면처럼 긴밀한 관계를 가진다. 아가페적 사랑이 개인의 정신적·심리적 표현임을 부정할 수 없다면, 그래서 인간의 감정 뒤에 숨는다면, 아가페적 사랑은 호감이나 연애 감정 같은 에로스적 사랑과 혼동되기 쉽다. 비록 아가페적 사랑이 에로스적 사랑을 억제하고 그것에서 벗어나려 한다 할지라도, 오히려 자신의 순수한 사랑을 전달하기 위해 에로스적 사랑의 자연스러운 표현에 의존하게 된다. 예를 들어 사랑의 포옹이나 키스가 연인들의 성적 행위이기도 하지만, 다른 의미에서 '영혼으로 향한 가장 아름다운 문門'이기도 하다는 것이다.

자식과 엄마의 관계가 이에 대한 좋은 예다. 자식은 엄마의 품에 안겨 젖꼭지에 매달리는 것은 본능적으로 생존을 위해 자신이 의지하고 자신을 지탱해줄 무언가를 찾는 것이다. 그것은 엄마가 주는 사랑과 지그문트 프로이트가 말하는 자아본능에서 오는 엄마로부터 받는 사랑이다. 따라서 사랑의 두 형태는 본질적으로 불가해적 관계에서 상호보완적 작용을 한다.

릴케는 사랑을 '참된 사랑'과 '잘못된 사랑'으로, '베푸는 사랑'과 '받는 사랑'으로 구분했다. 그에 의하면 '사랑하는 것'이 마르지 않는 기름으로 타오르며 빛을 내는 것이라면, '사랑받는 것'은 사랑하는 이의 열화熱火에 의해 자신의 존재가 불타버리는 것이다. 따라서 사랑받는 것은 무상하지만, 사랑하는 것은 꺼지지 않는 불빛처럼 영원하다.

'잘못된 사랑'은 '받으려고만 하는 사랑', 즉 소유하려고 객체에 집착하는 사랑이나 또는 의지하려고 주체를 포기하는 소극적 사랑이다. 프로이트는 에로스적 사랑을 너와 내가 하나가 되고 싶은 본능으로 보았고, 그 본능은 몸만이 아니라 의식까지 지배하고 소유하려 한다고 말했다. 그만큼 상대적이고 이기적이란 뜻이다. 그래서 니체는 "사랑받으려는 욕구는 가장 큰 오만불손"이라고 말했다. 사실 모든 사람에게서 사랑받으려고만 하는 것은 미움을 사는

것보다 더 무모한 짓이며, 비겁하고 비양심적인 것이라 할
수 있다.

반면에 '참된 사랑'은 '베푸는 사랑', 즉 '소유하려는 사
랑'이 아니라 '소유하지 않으려는 사랑', '희생적 사랑'이
다. 우리의 삶은 '잘못된 사랑'에서 '참된 사랑'으로 변해
가는 인식의 과정이어야 한다. 인간은 이 인식 과정을 통
해서 비로소 '완전한 사랑에 이르는 길'을 알게 되기 때문
이다. 릴케의 《말테의 수기Die Aufzeichnungen des Malte Laurids
Brigge》에서 마지막 장인 〈돌아온 탕아의 이야기〉가 이 변
화의 길을 문학적으로 짜임새 있고 의미 있게 형상화했다.

성서의 '돌아온 탕아'의 이야기가 여기서 '사랑받고 싶
지 않은 이의 전설'로서 이야기된다. 집안 사람들의 지나
친 사랑 속에서 이야기의 주인공인 소년은 자신이 "모든
이의 공유물과 같은 존재", 즉 '사랑에 종속된 존재'임을
깨닫는다. 그래서 그는 누구도 사랑하려 하지 않으려 했
고, 설혹 사랑할 때가 있을지라도 소유와 집착의 감정으로
상대방의 인격을 빼앗고 자유를 제약할까 봐 몹시 두려워
했다. 그는 집을 떠나 오랫동안 목동으로 방랑 생활을 하
면서 그가 이제까지 실행해온 모든 사랑이 얼마나 잘못된
것인지를 깨닫게 된다. 오직 "살아 있음을 사랑하는 것 외

에는 아무것도 사랑하지 않는 법"을 배웠다. 즉 '소유하지 않는 사랑'을 알게 되었다. 더 이상 사랑의 대상에 얽매이지 않은 '신에 대한 사랑'의 발견이다.

이제 집으로 돌아온 탕아는 가족들이 베푸는 사랑이 그와는 아무런 관계가 없음을 깨닫고, 소유와 집착의 욕구로부터의 '해방감'을 느낀다. 그는 신에 대한 사랑만이 사랑의 최고 형태임을 인식하게 되고, 누구의 사랑도 미치지 못하는 오직 한 분만이 자신을 사랑할 수 있다는 것도 깨닫는다. "그러나 그분은 그를 사랑하려 하지 않았다(말테의 기록이 여기서 끝난다)."

이 이야기의 마지막 문장은 인간과 신에 대한 사랑의 문제를 열린 채 놓아두었다. 그러면서 인간의 사랑이 여전히 신의 사랑을 받을 경지에 있지 못함을 경고하고, 완전한 사랑에 대한 성찰을 요구한다. 비록 인간은 신의 사랑을 깨닫기에는 아직 멀리 떨어져 있다 해도, 삶 속에서 그 사랑에 다가갈 수 있는 커다란 변화의 길을 찾아야 한다는 것이다. "살아 있음을 사랑하는 것 외에는 아무것도 사랑하지 않았다"는 돌아온 탕아의 깨우침은 바로 삶 속에서 사랑의 의미를 찾아야 한다는 것, 다시 말해서 '삶을 사랑해야 한다'는 것이다.

사랑은 베풀수록 커지고, 사람은 사랑할수록 더 강해진다. 삶을 사랑하는 자는 그 사랑으로 행복해진다는 것도, 그래서 삶을 사랑하는 시간을 허비해선 안 된다는 것도 알게 된다. 살아 있을 때 세상에 베푼 사랑의 행위는 사람들의 기억에서 사라지지 않는다. 왜냐하면 우리가 이 세상과 이별할 때 인생에서 유일하게 중요한 것은 우리가 남겨놓은 사랑의 흔적이고, 그 흔적은 사랑했던 사람들의 기억에 영원히 남아 있기 때문이다.

인간은 불완전한 존재이기 때문에 사랑이 필요하다. 그렇지만 그것은 조건 없는 참된 사랑이어야 한다. 그렇지 않으면 그 사랑은 상호 간의 이익을 위해 거래한 것에 불과한 잘못된 사랑이다. 참된 사랑은 자기 자신뿐만 아니라 다른 사람의 부족한 것을 견디고 보완해주는 힘이 되고, 나아가 사람들 사이의 심연을 인간적으로 연결하는 다리가 된다. 우리는 소유하고 받으려는 사랑이 아니라 늘 베풀려고 준비가 되어 있는 사랑을 삶 속에서 터득해야만 한다. 인생은 이 같은 사랑의 변용 과정이어야 할 것이다.

머리가 아니라 가슴으로 사랑해야겠다는 깨달음에 이르는 데 70년이 걸렸다. 하지만 여전히 인색한 '사랑의 베풂'에 부끄러울 따름이다.

힘들어하는 제자에게 부치는 편지

K군은 스승의 날이나 명절 때면 어김없이 안부 전화를 한다. 마흔 살을 갓 넘은 나이에 아직도 취업 시험을 준비하고 있다. 외무고시, 공무원 시험, 대기업 입사 시험을 수없이 보았으나 모두 최종 심사에선 낙방했다. 이번 새해에도 어김없이 전화를 받았으나 전보다 좀 힘없는 소리였다.

"교수님만은 절 이해하실 수 있다고 믿기에 부끄럼 없이 이렇게 전화 드립니다. 제 나이 벌써 마흔두 살이에요. 교수님이 강의 시간에 자주 해주셨던 말씀이 늘 힘과 용기를 주어 이렇게 버티고 있어요. 곧 좋은 소식 전해드리도록 계속 노력하겠습니다."

K군은 분명히 자기 자신에 대한 실망과 사회에 대한 불만에 싸여 있을 것이다. 그리고 자신이 취업 시험 준비로 보낸 긴 세월이 마치 허송세월처럼 느껴지기도 할 것이다. 이번 전화를 받은 후에 나는 지금껏 그랬듯이 형식적인 격려의 말로 넘겨서는 안 되겠다는 깊은 우려에서 그에게 편지를 써 보내기로 마음먹었다.

K군, 자네의 실패에 대한 낙심과 고민을 충분이 이해하고도 남는다네. 난 그간 자네에게 격려만 해왔으나, 이젠 충고해야 하겠네.

우선, 꼭 이름 있는 대기업이나 공공기관의 일자리만을 고집하는 이유가 무엇인지 묻고 싶네. 인생은 삶의 여정이지 결코 완성이란 없는 법일세. 하루가 매일처럼 새롭게 찾아오듯이, 자네도 이젠 새롭게 시작하는 결심이 필요하다고 생각하네. 그리고 실패의 이유가 어디에 있는지 심각하게 생각해보게. 사람이 지혜로운 것은 자기를 돌아볼 줄 알기 때문이라네. 그러니 자네도 한번 그 원인을 밖이 아니라 자기 자신에게서 찾아봐야 할 것일세.

내 질문에 깊이 고민해보게. '혹시 내가 꼭 유명 회사나 공공기관의 월급쟁이를 고집하는 이유가 체면과 유명 병에 걸려서인가? 과연 나는 지금까지 추구해왔던 그 자리에 필요한 인재라는 생각에서 지원했는가? 아니라면 나는 미래의 삶을 위해 어떻게, 무엇을 해야 할까에 대해 깊이 성찰해보았는가? 결국 나는 귀중한 시간을 희생시키고 있는 것이 아닌가?' K군, 바로 지금이 더는 지체해서는 안 되는 그 답을 찾을 때가 아닌가 생각하네.

여보게, 좌절감이 가져다주는 고통이 얼마나 크겠나? 하지만 한번 달리 생각해보게. 자네가 스스로 실패했다고 느끼는 지난 시간의 노력은 어떤 형태든 오늘의 나를 있게 한 것으로 의미 있다고 말일세. 과거 없는 현재는 있을 수 없듯이, 현재는 미래에 대한 성찰을 불러일으키는 계기로 작용하기 때문이라네. 그러니 진지하게 자신을 돌아보고 냉철하게 자기 자신과 대화해보게. 중요한 것은 실패했다는 그 자체가 아니라 자네가 실패의 시련 자체를 어떻게 받아들이고 있냐는 것이라네.

주위를 둘러보면 자네와 같은 일이 비일비재하지 아니한가. 한 가지 예를 들면 고시 준비생들이지. 많은 사람이 7전8기란 말만 위로 삼아 같은 일의 반복으로 아까운 청춘을 그냥 소비하는 어리석음을 일삼고 있지 않은가. 물론 예외의 경우가 있는 것도 사실이지만, 모든 사람이 그런 특수한 경우에 매달릴 수만은 없지 않은가. 어리석은 것은 서너 번의 실패에도 불구하고 자신에게 벅찬 한 가지 목표에만 고집스럽게 매달려 있는 것이라네. 그리고 더 어리석은 것은 실패가 주는 교훈을 이해하지 못하고 새로운 변화의 시도를 자신의 아집으로 포기하고 있다는 것일세. 7전8기의 참뜻은 과감한 포기와 새롭게 도전하는 것이라 생각하네. 포기는 결코 패배가 아니라 새로운 시작을 위한 용기이고 지혜라네.

그 용기와 지혜, 그것이 지금 자네에게 가장 절실한 것일세. 자네가 지금까지 고집스레 준비해왔던 취업 시험 공부를 과감히 포기하고, 비록 자네의 이상에 맞지 않는 보잘것없는 것이라 해도 무엇을 자네가 가장 잘할 수 있는지 깊이 고민해보고 그것을 과감히 시작할 수 없을까? 현실적 성취가 없는 이상이란 한낱 망상에 불과하다네. 성취란 작고 하찮은 것일지라도 해냈다는 자기만족에 있는 것으로, 돈이나 명예 따위와는 관계없는 것일세. 망설이지 말고 지금 할 수 있는 작은 것부터 시작해보게.

더 이상 후퇴할 곳도, 더 깊이 빠질 곳도 없다는 생각에서 '무엇을 어떻게 할까'라는 주저와 두려움에서가 아니라

'무엇인들 못 할까'라는 용기를 가지고 원점에서 자신에게 묻고, 자신을 믿고 새롭게 출발해야겠다는 것 말일세. 이미 잃어버린 시간에 더는 연연하지 말고, 이젠 오늘의 현실적인 문제를 해결하려고 노력하게. 그러면 비로소 자네가 경험한 실패의 경험은 성장의 발판이 되고 성공의 기회를 주는 값진 삶의 경험이 될 것일세. 내일을 위해 오늘의 고통을 기꺼이 감수할 수 있다는 것, 그것은 포기의 용기 못지않은 더 깊은 삶의 지혜라네. 그 지혜를 가져야 할 때가 바로 지금이란 말일세. 그러면 자네는 지금까지 허송세월한 것이 아니라, 남들이 할 수 없는 풍부하고 다채로운 경험을 한 것일세.

자네가 벌써 마흔두 살이라고 말했을 때, 난 자네의 초조함을 읽을 수 있었다네. 그러나 K군, 늦은 것을 안 지금은 결코 늦은 것이 아니네. 용감히 새로 시작하되 절대로 조급해하지 말게나. 사람들이 마흔을 불혹의 나이라고 말하는데, 그것은 인간의 수명이 60년일 때에 해당되는 말이라네. 오늘날의 마흔은 감히 흔들리는 불안의 나이라 말할 수 있다네. 100세 시대라고 하는 지금은 83세가 평균수명이라 하니, 마흔은 그 절반의 분수령이며, 과거의 삶에 대한 성찰과 미래의 꿈을 실현하려는 욕구가 가장 현실적으로 상충하는 시기가 아니겠나. 자네는 지금 자신의 삶을 변화시켜야 하는 전환의 정점에 있는 것일세.

새로운 시작엔 불안과 두려움이 따르게 마련이지. 직업엔 귀천이 없다고 하듯이, 어떤 일을 하든 노력하는 것은 선하고 아름다운 것이라네. 그러니 과거의 미련을 과감히 버리고 무엇을 하든 새로운 삶에 도전하는 데 올인하게.

생각해보게. 지금 자네가 생활의 안정을 찾지 못한 위기감에서 느끼는 불안이나 미래의 불확실성에 대한 초조함은 그 양상과 정도만 다를 뿐, 취업한 다른 친구들에게도 마찬가지로 있다네. 오히려 스트레스와 미래에 대한 불안은 대기업에서 일하는 사람들에게 더 많다고 할 수 있지. 한창 일할 나이에 사오정이 될 것이라는 스트레스, 승진의 기회도 희박하고, 스스로 독자적인 사업을 창안할 수 있는 능력도 격무로 인해 소진해간다는 고통이 그만큼 크기 때문이지. 오히려 중소기업이나 작은 일자리에서 일하는 사람들은 승진과 일을 배울 수 있는 기회뿐만 아니라 창업의 가능성도 더 많다네. 그러니 더는 헛되이 유명 회사의 일자리에만 연연하지 말고, 그대의 눈높이를 조금만 낮추어 보면 얼마든지 일자리를 찾을 수 있을걸세.

그러니 K군! 쓸데없는 상념에 빠지지 말게. 나는 자네를

믿네. 지난 30년간 젊은 제자들을 믿어왔듯이 말일세. 작게 출발하게. 그것이 무엇이든 용기와 자신감을 가지고 지금 당장 새롭게 시작하게. 지금이야말로 자네의 인생을 바꿀 순간이네. 무엇을 성취할 수 있는 재능이 있느냐 없느냐가 문제가 아니라 자네의 삶을 바꾸고 새롭게 시작할 수 있는 용기를 발휘할 수 있느냐가 문제란 말일세. 계획했던 하루의 일을 후회 없이 실천하며 하루하루 살아가다 보면 자네가 가고자 하는 길을 발견하게 될 것일세. 그것을 놓치지 말게. 그리고 작은 성취에서 노력의 보람과 만족을 즐겨보게! 그것은 반드시 훗날 축복으로 돌아올 것일세.

건투를 비네.

인생의
마지막
버킷리스트

마지막 글쓰기를 끝내고 노트북 전원을 껐다. 마치 공장에서 돌아가는 기계의 스위치를 내린 듯 모든 것이 정지해버리고 텅 빈 공간에 적막이 퍼져갔다. 생각이 정지된 머리는 문장을 쥐어짤 때보다 더 무겁고 가누기가 어려웠다. 옛날 어느 순간부터 시간과 내 삶으로 반죽이 되어 빚어진 기억들이 가지가지 모양의 조그마한 조약돌처럼 뇌리에 여기저기 흩어져 깔려 있음을 보았다. 노년에 이르러서야 비로소 오랫동안 잊고 지나친, 삶을 의미 있게 하는 것들이 눈에 들어오게 되기 때문이리라.

　그중에서 아름답고 보람 있다고 생각되는 것들을 골라 사색과 언어로 갈고 닦아서 새롭게 보이게 하고 싶은 욕망이 나로 하여금 글쓰기를 시작하게 했다. 혹시라도 내가 쓴 어느 구절이 어느 누구의 삶을 더 가치 있게 만들 수도 있다는 한 가닥 기대가 글쓰기를 멈추지 않게 했다.

지금 조용히 돌이켜 생각해보면, 나는 청소년 시기를 누구 못지않게 가난과 싸워오면서 어려운 사회생활을 힘겹게 헤쳐나가야 했다. 그래서 미래의 꿈이나 삶의 구체적인 목표 같은 것을 생각할 겨를도 없이 오늘, '지금 이 순간 여기'의 고통을 견디기 위해 최선을 다하는 데 여념이 없었다. '지금 이 순간'은 내 현존의 시간이고 '여기'는 내가 처해 있는 상황이다. 어디로 가야 할지 방향도 길도 없이 그야말로 길 없는 길을 무조건 헤쳐나가야만 했다. 그렇게 사는 것이 나에게 체질화되었고, 맞닥뜨린 고난을 극복하는 '습관의 힘'이 되었다.

시간이 흘러가고 세상은 변한다. 계절이 바뀌듯 모든 것이 사라지고 또 돌아온다. 그러나 나의 '습관의 힘'은 그 변화의 법칙과는 무관하게 나의 삶을 지배했다. 시간이 지나면서 비록 혼미 속에서 헤맨다 할지라도 오늘을 살기 위해 '지금 이 순간 여기'서 최선을 다한다는 나의 습관은 여전했다.

나는 그럴 때마다 얻을 수 있었던 작은 성취를 음미하

고 즐길 수 있었다. 그러면서 내 내면 깊은 곳에서 잠재해 있던 미래에 대한 꿈 같은 것이 점점 또렷해졌다. 사람은 평생 동안 일을 하고도 자신이 무엇이 되고 싶었는지, 자신의 천직이 무엇이었는지 알아내지 못하고 죽는 경우가 많다. 하지만 최선을 다해 일군 작은 성취가 이어지고, 그것들이 나를 이끌어주어 나의 천직이 무엇인지를 알게 해주었다. 내일의 목적을 갖고 가능한 한 모든 노력을 다하며 오늘을 사는 그런 삶이 바르고 바람직하다는 것도 깨닫게 되었다.

그렇게 해서 나는 독일에서 훌륭한 교수들의 지도를 받으며 독문학을 공부할 수 있었고, 평생을 대학에서 학생을 가르치기 위해 연구하고, 집필하기 위해 독서하고, 교수를 천직으로 삼고 일하며 살아갈 수 있었다.

내 삶은 성공이라는 단어와는 거리가 멀다. 다만 목적에 어긋나지 않는, 작고도 간헐적인 성취들만 있을 뿐이다. 그럴 때마다 그것들은 소중한 삶의 매듭으로서 마음속에 간직되었다.

그렇게 노력하며 60여 년 동안 살아왔다. 늦게나마 헛된 인생을 살았다는 후회는 없어야지 하는 생각에서 저술 작업에 몰입해 여러 권의 책을 출간했지만, 잔물결의 파장과 같은 반향에서 나에게 남는 것은 실망과 부끄러움뿐이었다. 윌리엄 포크너는 "인간은 언젠가 베스트셀러가 되리라는 전망이 없어도 계속 반복해서 새롭게 출간되는 한 권의 책이다"라고 말했다. 그렇다. 나는 내 삶의 작가이고 내 삶은 나의 예술창작품이다.

인생은 배우고 일하고 봉사하는 것으로 이루어진다고 생각한다. 나의 일은 책을 읽고 쓰는 것이니 살아 있는 한 글 쓰는 일을 계속해야겠다. 비록 세련되고 유려한 문장은 아니라 해도 삶의 아름다운 진실을 밝혀서 우리의 삶을 더 의미 있게 한다면, 그것이 간접적이나마 내가 할 수 있는 사회적 봉사일 것이라 믿고 싶다. 글쓴이는 사라져도 글은 남아 있다. 팔순의 중턱을 넘었으니 그만큼 짧아진 시간에 꼭 해보고 싶은 일을 신중히 생각해야겠다. 버킷 리스트 같은 것이다. 그것은 이룰 수 없는 방대한 전문적 연구가 아니라 매일처럼 경험하는 일상에 숨겨진 삶의 진실을 밝힐 수 있는 수필 쓰기 같은 것이다. 또 하나의 에세이에 도전하면, 그것은 삶의 에너지가 되어 또다시 성취의 기쁨으로 보답할 것이다.

이제 구체적인 꿈에 도전하고 이루면서 만족과 행복을 주었던 삶을 내 품속에 그윽이 품으며 말하련다.

할 일이 있어서 감사했다.
고통이 있어서 살맛 났다.
사랑이 있어서 행복했다.

어제보다 늙은,
내일보다 젊은